德国当代文艺
理论考辨

薛原◎主编

上海交通大学出版社
SHANGHAI JIAO TONG UNIVERSITY PRESS

图书在版编目（CIP）数据

德国当代文艺理论考辨／薛原主编. —上海：上
海交通大学出版社，2023.10
ISBN 978-7-313-29241-4

Ⅰ.①德…　Ⅱ.①薛…　Ⅲ.①文艺理论—研究—德国
—现代　Ⅳ.①I0

中国国家版本馆 CIP 数据核字（2023）第 147266 号

德国当代文艺理论考辨

DEGUO DANGDAI WENYI LILUN KAOBIAN

主　　编：薛　原

出版发行：上海交通大学出版社　　　　　　地　　址：上海市番禺路 951 号
邮政编码：200030　　　　　　　　　　　　电　　话：021-64071208
印　　制：苏州古得堡数码印刷有限公司　　经　　销：全国新华书店
开　　本：710 mm×1000 mm　1/16　　　　印　　张：10.25
字　　数：149 千字
版　　次：2023 年 10 月第 1 版　　　　　　印　　次：2023 年 10 月第 1 次印刷
书　　号：ISBN 978-7-313-29241-4
定　　价：88.00 元

前 言

　　今天文学面临着巨大的挑战。无论是消费社会和现代传播技术的日益崛起，还是世界各国科技、经济和外交几近白热化的竞争，"逆全球化"和"去全球化"的趋势，都使得文学和人文科学的地位每况愈下。而曾作为文学重要载体的纸媒在新媒体时代也无可避免地呈衰落趋势。凡此种种，使得文学的研究内容、范式、方法、学科建制等都发生了深刻的变化。文学与人文、科技和周围世界的关系也发生着日新月异的变化。我们很难从单一维度考量文学在各个领域中扮演的角色。当今世界正经历百年未有之大变局，作为人文科学的文学研究应该如何在重重危机之下构建新的文学理论？

　　文学理论是对文学原理、文学范畴、文学标准的研究；文学批评是对具体文学作品的研究。理论提出批评标准和规范的同时也设置批评的前提、逻辑和语境等。理论作为思想体系和观念系统也有着自己的知识体系和话语形式。当我们从事文学理论研究时，可以奉行普世性和相对性的结合。我们应该从民族或称国别的具体文学作品出发，不应忽略特定的民族文学在文化语境中的相对价值和意义。民族文学的特殊价值，会给理论构建带来新的理论视角；而从世界主义的高度出发，我们就可能发现一个文学作品在世界文学语境下的价值。总之，立足于民族文学实践和文学现实，从世界主义的高度，抱以开放和包容的心态，发掘民族文学的特殊价值和普遍价值。

　　德国学者鲍姆加登（Alexader Gottlieb Baumgarten）于 1735 年首次提

出"美学"（Aesthetica）一词，之后被日本学者中江兆民（Chomin Nakae）用汉语翻译成"美学"。传入中国以后，王国维沿用了"美学"一词。①德国古典美学是适应西方现代化进程而建立的思想体系，从高特雪特、文克尔曼和莱辛，到康德、歌德和席勒，再到黑格尔，德国古典美学有着深厚和悠远的传统，至今仍是世界美学界和文艺理论界的宝贵财富。康德在美学巨著《判断力批判》（*Kritik der Urteilskraft*, 1790）中提出了鉴赏判断（即审美）。中国学人自五四运动以来在各种思潮中各有择取，文学学人从康德美学思想核心理念"纯粹性"和"独立性"中获益，启发了中国文学关于美学的思考。②源自德国的马克思主义自 20 世纪之初传入中国以来，由新文化运动的先驱传播开来，成为对中国产生极为深远影响的理论，逐渐在新中国成立后成为国家的主导意识形态。马克思主义文艺理论在经历了"中国化"后，诞生了毛泽东文艺理论思想。毛泽东思想在西方曾大受追捧。毛泽东的《矛盾论》是他构建中国化马克思主义理论的重要文献，德国著名的剧作家布莱希特和诗人德里克都曾被其中蕴含的思辨思想所影响。法兰克福学派被视为"新马克思主义"的典型，马克思对资本主义的批判是其重要的理论资源。它也是集德国哲学之大成者，康德、黑格尔、叔本华、尼采和狄尔泰的思想可以在其中觅得踪迹。20 世纪 60 年代席卷西方世界的"五月风暴"也使得哈贝马斯（Jürgen Habermas）放弃了激进的左派立场，而开始承认资本主义的现状。他试图沟通批判理论与实证科学，并构筑一种社会学的"沟通行动理论"。作为法兰克福学派中坚的哈贝马斯经历了政治和理论转向，使得法兰克福学派失去主心骨并逐步面临解体。在后现代的风潮之下，德国文艺理论学界并未亦步亦趋地追随法国同行的步伐，对后现代主义的研究始终未在德国形成声势。但后现代主义作为席卷西方乃至世界学界的思想浪潮，对德国文艺理论的发展的影响是潜移默化的。今天德国学者也参与到对后现代以后的文艺和文化发展倾向的讨论中来。虽然这些理论并不以反后现代为名，

---

① 曾繁仁. 中国百年美学辉煌而曲折的创新之路 [C] //曾繁仁. 生态美学——曾繁仁美学文选. 济南：山东文艺出版社，2019：总序 1—2.
② 杨春时. 后现代主义与文学本质言说之可能 [J]. 文艺理论研究，2007（1），14.

却带着鲜明的反后现代特征。比如德国当代著名哲学家彼得·斯洛特戴克（Peter Sloterdijk）提出的"球体空间"（Sphären）理论，斯洛特戴发明了一个新词：共存式隔离（Ko-isoliert）。这种全新的共生的概念具有明显的整体性和一元性，与后现代主体之间的隔阂和间离有本质的区别。今天德国美学界在今天世界哲学界的"生活论转向"当中，也逐渐偏离了传统的哲学和美学研究，吉尔诺特·伯梅（Gernot Bohme）的"气氛美学"、沃尔夫冈·韦尔施（Wolfgang Welsch）的"超逾美学"和马丁·塞尔（Martin Seel）的"显现美学"，分别代表了目前德国文艺理论发展中的三种不同的美学取向。

本书将探讨现当代德国文艺理论发展中的一些节点。本书第一篇涉及在德语语境下"文化"与"文明"两个概念的联系与区别。两者之间区别不仅仅在于精神和物质的区别。文化与文明经历了一个漫长而复杂的发展过程，之间的关系折射了德国独特的历史文化内涵。作者追溯这两个文化概念在德语中的起源与发展：两词从词义相近到彼此区分，再到一战前后的尖锐对立，是德国民族与外来文化对垒和激烈斗争的明证。苏金奕将以德语语境下文化与文明二者间的关系为研究对象，呈现二者在一战期间形成两极分立关系的过程、表现和原因。

马丁·海德格尔（Martin Heidegger）作为欧陆哲学最著名的代表人物，其后期语言思想与英美分析哲学分道扬镳。在《存在与时间》完成之后，海德格尔逐步走向了"通往语言的道路"，形成了一种迥异于传统的诗性语言思想。继海德格尔提出"此在"（Dasein）的存在论观点后，"存在"（Sein）与"语言"（Sprache）成为其后期思想的主题。他为西方哲学的"语言学转向"助力，在批判传统语言工具说的同时，强调了语言的本体地位，并赋予其诗性之意蕴。其诗性语言思想的"诗性特征"表现在两个维度上：所思之语言的诗意意蕴和语言之思的诗意表征。范黎坤试图阐释海氏诗性语言与生存方式间的相互关系，并揭示诗性语言观对人类回归栖居生存具有重要的理论价值和启迪意义。

瓦尔特·本雅明（Walter Bendix Schönflies Benjamin）是20世纪上半叶极具思想魅力的天才思想家，他独特的学术思想对整个20世纪的人文学术研究产生了重大而深远的影响。本雅明的学术创新能力来自他广泛的研究志趣，从文学到哲学再到政治学，从摄影到电影再到建筑的研究。《机械复制时代的艺术》是本雅明后期的重要作品，也是其最富创意的作品。作为法兰克福学派的重要代表之一，本雅明从马克思主义的艺术受到物质生产关系支配的唯物史观角度出发指出，传统的"手工劳动关系"孕育出一目了然的、重叙述的古典艺术。随着生产关系的革新，传统艺术衰落不可避免，出现了与现代工业社会生产关系相适应的机械复制艺术。机械复制技术消解了古典艺术的距离感和唯一性，导致了古典艺术的"灵光"消逝，即艺术美境的流失。文中本雅明既表明了对传统艺术失落的惋惜之情，肯定机械复制艺术的革命性，他认为科技给艺术发展带来了巨大的可能性，尤其是其电影艺术的改良与推动作用。黄清漩尝试从传统艺术的衰落、现代工业社会中艺术的变革以及电影艺术的特征和意义三方面来考察本雅明在该文中提出的重要思想。

哈贝马斯是德国当代最具影响力的哲学家和社会学家之一，他在德国社会转型的各个阶段，都贡献了自己丰富的学识和过人的才智。他总是能敏锐地觉察到德国社会的变化和潜在的危机，参与了几乎每一场讨论，并高瞻远瞩地为德国的社会问题寻找理性答案，也因此享有极高的社会威望。滕曼缘认为他将哲学理念和社会学、政治学、法学相结合，形成了自己完整而独特的思想体系。在从历史民族观的角度审视民族国家后，哈贝马斯对民族主义、民主制度进行反思和批判，揭示民族国家所面临的困境，并提出后民族结构作为超越民族国家的解决方案。在后民族语境下，文化和宪法都已经跨越了国家的范畴，分别指向超越民族国家的欧洲文化共同体（europäische Wertegemeinschaft）和欧洲宪法爱国主义（europäischer Verfassungspatriotismus）的概念。欧洲或西方价值观同样只有在通过具体的文化实践、相应的集体自我表达时才会获得生命和现实。

互文性概念是在后现代框架下孕育的文艺理论概念。虽然互文性基于不同的理论视角，其定义莫衷一是。随着研究的发展，互文性理论也不局限于文艺理论，逐渐与语言学、社会学、翻译学等学科结合起来，形成跨学科研究范式。德国的互文性理论研究开始较晚，且大多由斯拉夫语文学家、罗曼语文学家与英语文学家展开，他们将互文性理论运用于具体的案例研究。余睿蘅回顾了互文性理论的起源与发展，基于两位德国学者曼弗雷德·菲斯特（Manfred Pfister）与乌尔里希·布罗奇（Ulrich Broich）编著的《互文性——形式、功能、英语案例研究》（*Intertextualität-Formen，Funktion und anglistische Fallstudien*）一书，总结和梳理了以两人为代表的德国英语语文学者如何将广义互文性与狭义互文性的模型结合起来。

同样在后现代主义的框架下，西方翻译理论在 20 世纪 60 年代出现了文化转向。仇宽永和徐嘉华认为在此风潮之下，德国功能主义学派的优势逐渐凸显并得到极大发展。德国功能主义学派的集大成者是诺德（Christiane Nord），她提出的翻译理论在当今的翻译研究中起到了重要作用。仇宽永和徐嘉华着重探讨了诺德翻译理论在人工智能背景下的可适性以及人工智能发展为诺德理论优化提供的新启示。

"作者之死"是欧陆后现代文艺理论里程碑式的重要论断，它带来了文学研究的读者中心转向。对这一转向做出重大理论贡献的理论家有罗兰·巴特（Roland Barthes）的、米歇尔·福柯（Michel Foucault）。Sae Tang Watthana 聚焦德国媒体理论家贾柯·席塞尔（Giaco Schiesser）关于"作者之死"之后作者身份的论述，结合对新时代作者身份分析，认为作者在新媒体时代已经回归。他以中国互联网社会这一庞大创作环境作为研究背景，深入分析如今作者身份的回归，同时他从变化的作者身份角度辨析中国著作权以及其他相关法律文本的问题。

自 21 世纪伊始伊戈尔顿"理论已死"的宣言以后，当代文艺理论进入了一个新的时代。我们应该如何为这个时代命名？21 世纪之后，德国不少学者开始探讨后现代以后的时代特征和文艺发展的倾向。德国学者艾什曼做出了富有价值的尝试。他的《表演主义》是系统研究后现代以后文艺理论的著作。薛原以"表演主义"为主要的研究对象，厘清"表演主义"产生的背景，解析它与同期出现的类似文艺理论的异同。她将展现表演主义脉络复杂的哲学支持，提炼出这些哲学思想与德里达、德勒兹为代表的后现代哲学思想的异同。随后她将详细解析艾什曼理论中的诸多核心概念，即符号、主体、框架和升华，并将其运用到小说文本诠释。本书主编关注的焦点是当今西方人文文化语境的变迁及其原因。

蓬勃发展的后现代文化理论在世界文艺理论学界推动了这样一种研究潮流：从此学者们将不再专注文学文本和文学审美等传统意义上的文学研究，而是将理论作为文学研究的重要前提和范式，甚至发展到极端的"理论中心论"。这无疑带来了普遍的焦虑情绪，文学研究更加倚重"理论"，并逐步偏离其研究本体。"理论"因此已成为文学研究的一个敏感话题，因为它似乎已经成为威胁文学本体研究合法性的力量。Fabio Akcelrud Durão 首先通过研究"理论"的基本矛盾、经验基础和符号功能，将"理论"描述为一种文类（Genre）。他将探讨"理论中心论"为文学研究带来的风险。最后，他提出用一种新的视角来看理论，并倡导两种负责任地阅读理论的策略，以使理论拥有独立于文学的价值和意义。

以上研究论文我们可以得出这样的结论，今天文学理论的构建和运用有越来越清晰的跨学科特征，理论家们越来越多地从艺术、社会学、政治学、哲学、人类学、媒体学、艺术学中汲取养分，构建更加具有时代性和适用性的理论。这些理论已经超越了文学的界域，越来越广泛地运用到其他科学领域的诠释中去。从文化到文明，从美学到理论，从理论之前到理论之后，从现代的消逝到后现代的萌发和没落，本书中的诸篇论文贡献了自己独特的理论视角，以勾勒出德国从 20 世纪上半叶到 21 世纪的理论发展路径，呈现出一派既多元又丰富的理论图景。作为世界诗学的一部分，德国的文艺、文论和文化有其不可替代的独特性。这些星光熠熠的名字今天在世界理论界被引用、被讨论、被重塑，为构建新的世界文论体系或称世界诗学带来了鲜明的德国元素、德国经验和德国视角。

目　录

文明论述之下的傲然独立者

——德意志文化与西方文明的碰撞

苏金奕*

内容提要：西方语境下的文化与文明是两个重要的文化概念，两者间有分别。具体来讲，前者为精神层面，后者为物质层面。当然，这两个词语的含义关系并不能够如此轻易地加以概括，特别是在德语语境下，文化与文明之间的关系经历了一个漫长而复杂的发展过程，从最初互为近义词到后来的彼此区分，再到一战前后的尖锐对立，其中体现的德国独特的政治社会内涵则是一个较为复杂的话题。本文将以德语语境下文化与文明二者间的关系为研究对象，通过追溯这两个文化概念在德语中的起源与发展，试图呈现二者在一战期间形成两极分立关系的过程、表现和原因。

关键词：德国；文化；文明；对立

Titel: A Proud Independent under the Discourse of Civilization — The Collision between German Culture and Western Civilization

Abstract: Culture and civilization in the western context are two important cultural concepts. There are indeed differences between them. Specifically speaking, the former refers to the spiritual level, while the latter the material one. Of course, the relationship between the meanings of these two words cannot simply be summarized in this way. Especially in the German

---

* 苏金奕　上海交通大学外国语学院。

context, the relationship between "culture" and "civilization" has experienced a long and complex development, from synonymy at the beginning to differentiation between each other and eventually to the sharp opposition before and after the First World War. The unique political and social connotations of Germany reflected in that is then a complicated subject. This article takes the relationship between culture and civilization in the German context as the research object and tries to demonstrate the process, manifestations and causes of their polarity during the World War I by tracing the origin and development of these two cultural concepts in German.

Key words: Germany, culture, civilization opposition

纵观德国历史，不免会觉得德国显得与欧洲有几分格格不入。除了这个国家在欧洲工业革命进程和民主革命进程中频频表现为迟到者的身份外，它还是一个在过去很长时间内始终固执地坚持着"文化"论述的"傲然独立者"，反倒对风靡欧洲的"文明"论述冷眼相待、不屑一顾。然而，德国人对"文化"的情有独钟并非无迹可寻；相反，这种执着的偏爱恰恰在这个国家的各个层面都留下了痕迹。文化和文明之间的对立，是"德意志性"和以英法代表的启蒙思想碰撞的结果，寄托了德国知识分子对于德意志文化何去何从的担忧和期冀，甚至在某一时期关乎一场德意志民族存亡之战。

一、"文化""文明"在德语中的起源与发展

虽然德国人曾如此钟爱"文化"而对"文明"弃如敝屣，但必须言明的是，文化与文明这两个概念并非一直处于两极对立的状态。自 18 世纪中后期被引入德语起，二者实际上首先经历了一段长时间的和谐共处。具体来说，从 18 世纪六七十年代到 1880 年，德国科学界几乎是把二者作为一对近义词来使用的，它们都表示一种与自然状态相对的"文明化""有教养"（verfeinert）的状态，用以形容人。这样的近义关系若究其原

因，则要看这两个词的词源。

德语中文化一词写作 Kultur，来源于拉丁语中的一组词，即 colere、cultus 和 cultura，这三个单词虽彼此略有差异，但大致都传达了一种与农业相关的基本含义，如耕种、照料田地，且它们的含义范围不久后便扩大至各种与人相关的事情，从人们的服饰、饰品和个人能力与性格的培养到美德与科学艺术这样抽象事物的发展，再到对宗教那些超自然的东西的信仰（Fisch，1992：684 – 685）。中世纪时期，这三个词经历了不同程度的发展。弗朗西斯·培根（Francis Bacon）把 *cultura* 理解为"更高层次的精神生活和国家生活"，而塞缪尔·冯·普芬多夫（Samuel von Pufendorf）对 cultura 词义的发展做出了更大贡献，他提出了 *cultura animi* 的概念，并赋予其一个更为广泛的意义：战胜自然或自己掌控自然、消除无知、支配理性、提升人与人类社会的价值和宗教（Baur，1951：61；Niedermann，1941：135）。这样一来，普芬多夫便明确地为 *cultura* 增添了与自然状态对立的意味，并借此使得该词背离了其原本所具有的农业上的基本义。不过，这样一种作为价值理念（Wertbegriff）的文化概念直到1760 年后才逐渐占据上风，并在歌德时代同个体的个性愈发紧密地联系在一起，从而具有了精神层面的内涵（Pflaum，1967：289 – 291）。到了 19世纪中叶，德国社会发展出一个脱离价值判断的客观化的历史科学的文化概念，指涉一个民族在某段时期的精神和内心世界的整体，故而具有了时间和空间上的意义，可以复数形式出现（Pflaum，1967：291）。在这一段时期内，Kultur 所包含的精神层面的内容日益凸显，但其对人一定物质生活的指涉并未消退，可以说，正是 Kultur 这样的双重含义使得其在长达一个世纪的时间里无须与 Zivilisation 多做分别。

词语 Zivilisation 起源于拉丁语中的 *civilis* 或 *civilitas*，起初是描述城市和公民的概念，随后逐渐引申为对人类漫长发展过程中形成的与未开化的、粗暴野蛮的生存状态截然相对的文明的、开化的、有教养的状态的指涉。自中世纪起，*civilis* 的初始意义发生了一些改变，但到文艺复兴时期，人文主义的兴起重新将人们的目光引回到此概念中所包含的同粗野的自然状态（Naturzustand）相对立的由文明教化支配的一种进步的、发展的状态上来（Pflaum, 1967：292），也就是强调人的作用和变化。1775 年前后，自法国开展起来的启蒙运动在德国的传播和影响将具有上述含义内容的 Zivilisation 一词带入了德国，在随后的几十年里，所谓的"文明开化"逐渐被更为具体的内容填充起来，即礼仪道德的不断完善和发展。也就是说，人为自身的生存戴上了某种约束和规范性的"镣铐"和"枷锁"，使得自己的生活状态区别于最初混乱的、粗野不堪的原始的自然态。

在 19 世纪初期，除了 Kultur 和 Zivilisation 这两个词外，还有一些词和它们有相同或类似的含义，比如 *Politur* 和 *Polizierung*，这一系列同义词其实着重突出的都是人受到礼貌教养的打磨而形成的一种经改善的、更为优雅、愈加高尚的状态。然而，其他的同义词渐渐为 Kultur 和 Zivilisation 这一对概念所淘汰，这二者成为最终在德语中真正确立下来的文化名词。

虽然 Kultur 和 Zivilisation 意义相近，指涉内容类似，但前者的两面性日渐明朗起来。瑞士历史哲学家艾萨克·伊塞林（Isaac Iselin）早在 18 世纪后期就对人教养开化的表现做了区分，一种是外在的 Polizierung，一种是内在的、精神的 Polizierung。德国启蒙运动的领导人、被誉为"德国的苏格拉底"的德国哲学家摩西·门德尔松（Moses Mendelssohn）和德国伟大作家歌德都认为，Politur 仅仅指的是 Kultur 一词指涉的外在成分，讲的是人外在的礼仪修养，而不包括内在的精神含义（Pflaum, 1967：295 - 297）。这样一来，Kultur 的含义内容所形成的外在和内在的分化实际上早早便埋下了 Kultur 和 Zivilisation 这两个文化概念在一个世纪后彼此分立的种子。

除了对于 Kultur 的进一步细分，还有少数科学家和哲学家已经开始强调 Kultur 和 Zivilisation 的差异。康德就是最早区分二者的人，他构想出一个"文明化—文化—道德"（Zivilisierung-Kultur-Moralität）依次实现的人类发展模式。其中，Zivilisierung 仅针对人的外部生活和世界，而 Kultur 是艺术和科学的结晶。亚历山大·冯·洪堡（Alexander von Humboldt）借鉴康德的观念，也提出了一个"文明—文化—教育"逐级递升的发展方式。在这两个三阶发展模式中，文明虽然不及文化，只是文化的预备阶段，但至少保有积极含义。与之相对，瑞士著名教育学家裴斯泰洛齐

（Johann Heinrich Pestalozzi）对待文明的态度则要消极很多，他认为 Kultur 和 Zivilisation 之间存有一道不可跨越的鸿沟：后者只是人肤浅虚无、缥缈无定、片面无情的生活状态，带有一定贬义，而 Kultur 则是人类的思想和灵魂向人类要求的一种感性生活的一部分（Pestalozzi, 1924: 145, 222）。

尽管区分文化和文明的可能性很早便已存在，但二者间的同义现象贯穿 19 世纪上半叶，直到 19 世纪 80 年代，这一观点都是科学界各个分支默认的共识，普通人更不会对此产生什么质疑，他们对于这两个概念的反应恐怕要迟钝许多。从 1850 年—1880 年的 30 年间，Kultur 的含义范围发生了显著的扩大，一步一步将自然科学包括在内，甚至技术这样的物质领域都渐渐从属于文化的意义范畴，如此一来，Kultur 所指的物质成分再次得到了强调，也因此得以和一直以来偏向物质领域的文明概念维持着密不可分的联系（Pflaum, 1967: 308）。

一切的转折发生于 1880 年。19 世纪 80 年代起，德国哲学界首先确定了文化与文明间的对立关系。尼采既批判了所谓文明具有的秩序，也拒绝像前人一般赞美传统意义上构成文化的道德和宗教，但依然不忘将二者放在了天平的两端（Nietzsche, 1926: 92）。在大卫·科伊根（David Koigen）看来，文化是艺术的、内秀的、具有美学价值的发展阶段，而文明阶段则是人造的、粗犷的、以科技为中心的（Koigen, 1910: 573）。显然，二者严格对立。这样的现象从哲学界开始向其他科学领域扩散，同时技术带来的诸多负面影响如环境污染、人类与自然的疏离也给人们敲响了警钟——第二次工业革命催生出的与自然对立的物质化的机器和技术绝不能属于人类文化的范畴，这种消极的、次等的事物只能是文明的产物。

在此，不得不提德国作家休斯顿·斯图尔特·张伯伦（Houston Stewart Chamberlain），是他进一步明确了文化和文明的构成：文化是由一个民族的性格特征所决定的世界观、宗教、艺术和风俗的总体，文明则包括政治、经济、工业、教会等普遍存在于世界的事物。换言之，在张伯伦看来，文化是民族的，文明是世界的，文化与文明之对立实则是民族与世界（völkisch-international）的对立。这一观念在不久的未来将会成为文化与文明之争的主旋律之一。

总而言之，从引入德语之初便与物质世界紧密相连，从而自始至终都暗含某种消极意味的文明概念 Zivilisation 随着新一轮工业时代的来临染上了愈加浓重的贬义色彩，成了技术、机器、经济和物质化的代名词，而文化概念 Kultur 则自然而然地囊括了人类在自身发展过程中创造的种种积极的精神性成果，如文学艺术、科学教育等（Pflaum，1967：313）。世纪之交，科学技术的进步带来的种种社会问题日益明显，文化与文明两级分立的形势也就愈发清晰，即便科学界以外的普通人民群众还久久回不过神来，这一趋势也的确一点点地在越来越多的社会阶层中愈演愈烈，一时间竟然难以停息，及至第一次世界大战（简称一战）前，已经传播甚广，甚至渐渐染上了些许民族色彩，从而发展成为德国文化与法国文明间的分立。不过，在战争爆发前，这种民族色彩还称不上是民族主义，即便德国人将 Kultur 与德意志民族相联系，又将 Zivilisation 推给了法国，他们也无意批判他国文明或是一味赞扬自身的民族文化并坚称其不可超越的优越地位（Fisch，1992：752）——这样激进的民族主义倾向是在一战期间各种政治军事宣传的催动下陡然间达到高潮的。

二、战争之下的文化与文明之论辩

1914 年 8 月，一战爆发，交战双方打着"文化之战"的旗号，为这场军事战争正名，并赋予其保卫各自文化文明的非凡意义。欧洲强国批判德国文化为骄傲自负的、保留着中世纪传统的军事化文化，因而要以"文明"和"自由"之名向德国的军国主义力量宣战。这般对德国文化的无情羞辱无疑激怒了德国人，使得欧洲文明，也就是所谓的法国文明在德国人心中的地位更加一落千丈，彻底沦为虚构的低等文明。由此，文化与文明的对立在一夜之间登及顶峰，在张伯伦提出的 völkisch-international 的对立中就初具雏形的民主主义倾向此时此刻在战争的催动下一触即发。

在这场来势汹汹的德国文化和法国文明之间的争斗和较量中，德国的知识分子发挥了巨大的带头作用。战争伊始，他们便一同拟定了"1914

年思想"，以此反击法国人在法国大革命期间宣扬的并流传至今的被视为法国式理想的"1789 年思想"①。许多德国人坚持捍卫德意志民族特性和德意志文化，试图从政治上打造一个全新的德国，它独立于法国革命所宣扬的"自由、平等、民主"思想，而拥护具有德意志特色的德国式"自由"。德国著名作家托马斯·曼（Thomas Mann）将这所谓的"德意志民族特性"理解为德国人的文化和艺术以及德国式的心灵和自由，显著区别于被敌人们标榜的文明、社会和选举权（Bruendel，2003：20）。战争初期，大多德国人坚信这场战争是一场民族保卫战，目的就是要以德国的文化击败西方文明的主要思想武器。可以说，德国人反对的就是法国启蒙运动遗留下来的风靡欧洲的理性主义价值观，他们不想以普遍适用的僵化死板的理性作为生活准则，他们向往的是极具浪漫气息的、对生命的生动灵活的体验和感悟。在这一点上，托马斯·曼的认识格外具有典型性，是当时许多德国作家内心的真实写照。他说，文化与文明之争辩实则就是精神和自然之间永恒对抗的表现，文化是世界内在的、精神性的组织，它自非理性之中而生，其创造力巨大而永不停歇，他甚至这样描绘文化："文化是预言，是魔法，是男色关系，是维齐洛波奇特利（Vitzliputzli）是人类祭品，是恣意的迷信与崇拜，是审讯，是火刑，是舞蹈病，是对女巫的审判，是盛放的毒杀，是最缤纷绚烂的恶行。"（Mann，1915：8）②这样充满无限可能、具有无限创造力的文化远非文明可比，后者追逐民主，标榜政治，是理性的产物，标志着灵魂的解体，而文化才是唯一根植于人内心深处、以人为中心，且赋予人无穷重要性的精神成果。托马斯·曼受德国浪漫主义影响较深，始终保持着同理性主义之间的距离，哪怕是在德国战败后违背初衷建立了魏玛共和国，选择了西方文明倡导的民主共和的政治模式，他也依然不曾放弃为德国寻找一条处于

① "1789 年思想"指的是自由、平等、博爱，包含人民主权、人权和自由宪法国家等观念，参见 Piper，2018〈https：//www. bpb. de/izpb/274837/franzoesische-revolution〉。
② 原文为："Kultur kann Orakel，Magie，Päderastie，Vitzliputzli，Menschenopfer，orgiastische Kultformen，Inquisition，Autodafés，Veitstanz，Hexenprozesse，Blüte des Giftmordes und die buntesten Greuel umfassen."

浪漫主义和启蒙运动之间的第三条道路，也就是以德国文化和传统为根本、以人性而不是理性为导向的共和之路（Mann，1993：139 - 140；Mann，1994：63）。

托马斯·曼对文化一词的浪漫解读既是对文化文明之争做出的反馈，同样也是持续扩大二者鸿沟的助力。但若要说谁在这场波及全民族的争论中产生了最轰动的效应和最深远的影响，那么奥斯瓦尔德·斯宾格勒（Oswald Spengler）无出其右。1918 年，斯宾格勒的著作《西方的没落》（*Der Untergang des Abendlandes*）一经出版，迅速震惊整个德国学术界。此书理论清奇，方法独到，以丰富而深刻的历史学和哲学分析架构起一个宏大而神秘的现实世界，旁征博引，贯穿古今，举例无数，由此证明了文化与文明之间不可逆的关系，为西方文化的未来做出了预言。斯宾格勒在书中表达的核心观点是：文化犹如人奔崇高目标而去，从生到死，不可回转，一切力量和内在可能殆尽之日，便是文化消亡、文明兴起之时（Spengler Bd. 1, 2003：143）。这就是说，文化必死，文明是文化必然降临的命运，二者截然相对，文化如人生，有机、鲜活而充满内在的动力，文明如人死，呆板机械，只剩外在一副呆板空壳。"文化和文明，一个是诞生于大地母亲的有机体，一个是从固化的结构发展而来的机械物。文化人过着灵性的生活，文明人则是在空间中、在实体和'事实'中过着外在的生活。"（Spengler，2003：450 - 451）①其中，"文明人"对"空间"的追逐和向往由来已久，不仅体现在从古典时期单声部音乐到 16—19 世纪的器乐的发展、进行曲和复调音乐的出现以及巴洛克音乐风格以来音体的无限扩展，还体现在绘画史中颜色使用由古希腊时期的黄、红、黑、白到自威尼斯画派透视油画开始的能够在视觉上创造无限遥远空间的蓝、绿的变化（Spengler，2003：292 - 297，317 - 320）。在斯宾格勒看来，从人们开始追求无限空间的拓展的那一刻起，文化就已开始走向衰落，取而代

---

① 原文为："Kultur und Zivilisation — das ist ein aus der Landschaft geborener Organismus und der aus seiner Erstarrung hervorgegangene Mechanismup. Der Kulturmensch lebt nach innen, der zivilisierte Mensch nach außen, im Raume, unter Körpern und 'Tatsachen'." 译文出自吴琼译本《西方的没落》，第一卷第 337 页。

之的将是不断扩张的文明。当然，绘画和音乐不过是作者从人类艺术中选取的两样事例，借以表明那种说不清道不明的对辽远空间的向往早已在人类的生活史中留下了痕迹，当人们不再怀着一腔热忱探寻灵魂和内在世界，而是将目光投向了人所处的外部空间，不断试图填充外部世界以获得自足的时候，文化人就开始了向文明人的过渡；而实际上文明的扩张远不止这两个方面，人类的政治和经济也早已成为文明发展的俘虏，比如殖民扩张政策，就是政治和经济文明的典型体现。斯宾格勒甚至举了中国的例子来论证自己的观点。按照他的理解，如果说殖民扩张是 Zivilisation 的具体标志之一，那么中国实则早就告别了文化阶段，跨入了文明阶段。他在书中讲到，两千多年前的中国，伴随东周诸侯国的崛起，周朝君主的角色日渐弱化，地位不断下降，中国的文化已经开始向文明过渡。秦王嬴政先后灭韩、赵、魏、楚、燕、齐统一六国，于公元前 221 年建立了秦王朝，自封为始皇帝，南征北战，修筑长城，实施暴政。这个统一却短暂的王朝在斯宾格勒的眼中就如同昔日的罗马帝国一般，无论是嬴政称帝，不断征战，吞并北方游牧民族政权的部分领土，征服长江以南的蛮人，还是下令修筑万里长城，设置军事防线①巩固统一，都"颇具有塔西佗式的戏剧的'罗马'意味"，是一个耗尽内力、疲惫不堪的帝国做出的挣扎性的社会改革。②（Spengler Bd. 2, 2003：662 - 663）就连一路扶持协助秦始皇灭六国、主张废分封行郡县、统一文字的李斯，都仿若中国的阿格里帕③。果不其然，这个宏大的统一的王朝"很快地以罗马暴君尼禄式的恐怖终结了"（Spengler Bd. 2, 2003：662 - 663）④。秦朝亡，两汉起，中国的边界继续扩大，随后的朝代更迭也不过是令中国的文明走向成熟。当中国文化趋于没落之时，在东方的舞台之上新亮相的是阿拉伯文化，而在同样衰落

---

① 吴琼在其译文中摘取了英译者注释："就罗马的情况来说，一条防御蛮族的固定边界的观念，是在瓦鲁斯（Varus）战败后不久出现的，'防线'（Limes）的防御工事则是在公元 1 世纪结束以前才修建起来的。"

② 译文出自吴琼译本第二卷第 34—35 页。

③ 李斯是中国的阿格里帕。中译者注："阿格里帕（约公元前 63—前 12 年），罗马帝国第一代皇帝奥吉斯都强有力的助手。"

④ 译文出自吴琼译本第二卷第 34—35 页。

的罗马殖民地上，西方文化也正在暗暗崛起。所以，斯宾格勒通过对世界历史进行类比分析得出的结论便是，中国文化早已消亡，西方文化历经崛起兴盛，到了此时，英法文化亦已终结，而德国帝国主义和殖民主义政治的确立也预示着这个民族与其文化的永别之日正在降临。

文明阶段的另一标志当然就是理性（Vernunft），"文明人"就是"理性的人"。"文明人"用事实说话，用因果关系分析万物，永远寻求理性的目的，在理性中寻找世界的道理和生命的意义，就像理性主义历史学家和社会学家总是倾向于将一些社会、宗教、生理和道德领域的事实视作另一些这样的事实的前因（Spengler, 2003：202），也即是说他们习惯于在不同历史事件之间安排上某种"原因—结果"的联系，继而认为历史是遵循因果规律的历史。可这些机械的、僵化的理性律法恰恰阻碍了人类对其历史以及对其周遭世界产生发自内心的多样的感悟和理解，用理性知识分析世界纵然客观而准确，但科学总有壁垒和界限，而从感性出发的人类体验是多么直观而无限，这样无限且丰富的体验才是人类文化无穷创造力的源泉。

"理性的人"生活在大城市里（Großstadt），那里原本是乡村（Dorf），是文化开始的地方，但最终成了文明的立足之地，大城市一日一日发展，将会变成世界都市（Weltstadt），成为一切历史的集合与缩影，而其他地区则不断萎缩，成为行省（Provinz）。世界都市排斥乡村，甚至使乡村灭绝，却沉迷于仿造自然；它们脱离土地，奉金钱为主宰；它们追求科学务实、不敬传统和宗教；它们取代了"真实的、土生土长的"民族，培育着"寄生的城市居民"（Spengler, 2003：44－45）①。当人们回顾历史，这样的世界都市屡见不鲜，"叙拉古、雅典、亚历山大里亚之后有罗马，马德里、巴黎、伦敦之后有柏林和纽约"（Spengler, 2003：44－45）。显然，在斯宾格勒的眼中，文化到文明的转变是一个令人悲伤的消亡过程，是乡村、民族、故乡的消亡，是宗教、传统、创造的消亡。

如果说这一消亡是命中注定，不可逆转，那么即是说自古以来产生的

---

① 译文出自吴琼译本第一卷第 31 页。

所有文化都已经发展成为文明，或正在成为文明，这样一来，不同文化中必然各自存在某一个或某一些重大的历史事件，它们在各自文化中具有相似的地位，对各自文化的历史发展起到了相似的作用，也即这些具有非凡意义的历史事件在各自的文化中彼此对应（Entsprechung）。斯宾格勒称之为"历史现象的同源"，这些相对应的历史事件才是他认为的真正意义上的"同时代"的历史事件（Spengler, 2003：151）。那么既然一个文化中的重要历史节点在其他文化中皆有迹可循，这不就意味着，人们可以以那些逝去的岁月里出现过的人和事为依据，来预测捉摸不定的未来；同样地，人们也可以审视当下，从而追溯那看不见的过往。

斯宾格勒为文化所渲染的带有强烈命运决定论意味的神秘色彩犹如一道光环，将其从头到脚照亮，显得崇高而绚烂，文明这一僵死的产物则彻底失去了与文化相提并论的资格，只好被丢弃一旁，以供回过神来的理性的"文明人"们哀叹和惋惜。不过，纵然作者用他的文字塑造了一个如此宏大而完整的世界并在其中以丰富的历史文化事件为例证自圆其说，却依然不可避免地显露其思想中自我矛盾的一面。一方面，斯宾格勒纵观世界历史，区分出八大文化形态（埃及文化、巴比伦文化、印度文化、中国文化、古典文化、阿拉伯文化、墨西哥文化和西方文化），认为它们彼此独立发展，互不影响，可又对各个文化不约而同地坚守从生到死的发展规律这一看法坚信不疑。另一方面，斯宾格勒拒绝理性主义思想下历史学家和社会学家对于历史事件的因果律分析，但又从文化形态学（Kulturmorphologie）出发，基于历史事件的同源现象，认为尘封的历史画卷可以重新开启，而变化莫测的未来也可以提前知晓，这一观念的出发点岂非依然是对历史存在某种规律性这一观点的肯定？斯宾格勒看起来仿佛的确与客观理性背道而驰，甚至显得过于主观和浪漫，从而创造了另一个夸张而富有想象力的空间，在那里，他将人类历史数千年的面貌进行了一定程度上的神化，并试图拿他信仰的自然法则套用在一切历史上。

不少德国同时代的学者对斯宾格勒关于欧洲文化命运做出的悲剧性论断持批评态度。有人甚至觉得，斯宾格勒所定义的八大文化和他举出的众多的类比论证不过是他刻意为之，为的就是在他预先做好的躯壳里填上血肉罢了（Demandt, 1990: 171）。还有人质疑斯宾格勒此作的初衷，难道就是为了给一战后处在内忧外患之中的德国火上浇油吗？是为了告诉他们，无论他们如何努力，他们一心守护并引以为傲的德国文化也难逃没落的命运，而且这一日已近在眼前了吗？还是为了让德国人清醒地意识到，既然文化将死，文明降至，那么与其徒劳挣扎妄图令文化起死回生，不如转而寻找德国在文明时代具有的内在可能，也即，不要再寄希望于能继续在诗歌、绘画和知识批评领域有所建树，而要将目光投向技术、海事和政治（Spengler Bd. 1, 2003: 58 - 59）？无论斯宾格勒在书中所传达的主要思想是对是错，无论西方的没落是否已如他所言正在命运的召唤下悄然临近，总之有一点是可以确定的，那就是斯宾格勒的确通过这百万字的论述将文化与文明之间的距离愈拉愈远，二者间那早在战争初期就已不可逾越的鸿沟之中显然又竖起了一道屏障，将它们各自分隔在两端。

三、"文化—文明"对立之索因

回顾文化和文明这一对概念之间关系的发展史，难免要惊讶于二者如何能在 1880 年后的三四十年间彻底斩断彼此间长达一个世纪之久的同义联系，自此走上尖锐的分裂和对立之路。不过正如上文中讲述的那样，文化和文明两种事物能发展至如此格格不入的境地并非一夜之间的事，令它们彼此相斥的那颗种子埋下的时刻远比人们以为的要早，而德国这般视文化如人类崇高使命的德意志精神也恰恰是德国自身历史社会发展不断累积而成的结果。

同其他欧洲大国相比，十八九世纪的德意志民族建立政治意义上真正具有统一的社会性质的民族国家（Nationalstaat）的探索之路可谓艰难多了，也不幸多了（Pflaum, 1967: 414）。诺伯特·埃利亚斯在其书《文明的进程》（*Prozess der Zivilisation*）中就提到，一方面，德意志民族一直维持着"文化国家（Kulturnation）"的形态直到 1871 年完成政治上的统一，而英法意早就成了民族国家；另一方面，这个文化国家疆土的边界上数百年来遭受着威胁（Elias, 1939: 4）——当一个民族还不足以拥有一个确定不变的远离外敌侵扰的疆域时，它又如何能成为孕育文明概念的摇篮呢？长期的政治分裂迫使这个民族以文化作为彼此维系的纽带，在历史动荡波澜的洪流中不断追问自己，究竟什么是德意志的、谁是德意志的、德意志又到底是怎样的，试图在种种答案中确立自己的民族意识（Elias，1939：4-5）。也正是由于政治上的虚弱贫乏，这个艰难行进的民族丧失了部分对政治的兴趣，转而在文化上投入莫大的激情，寻求精神安慰和身份认同，以抵消其在前者的领域内郁郁不得志的痛苦（Spengler，1937：130-134；Pflaum，1967：414）。除此之外，埃利亚斯还指出了德国如此珍视文化概念的另一社会层面上的根源：在这个民族内有一个不容忽视的由来已久的阶级矛盾，即贵族和市民阶级间的矛盾。在德意志民族的很长一段历史里，来自贵族阶级的上层人士不说德语，却格外偏爱法语和拉丁语，他们不遗余力地效仿法国文化，将法国奉为礼貌和文明之邦；中产阶级则显得"落魄"多了，他们显然无法过上贵族口中的文明的法国式生活，更重要的是，贵族对于政治事务的垄断消除了中产阶级在政治领域大展身手从而获得自我认同感的可能（Pflaum，1967：415）。既然"高贵"的法国文明于他们来说是如此遥不可及，而参与政治生活又似空中楼阁，虚幻而不切实际，那么似乎唯有文化才能成为他们精神的寄居之地，在这里他们得以不受约束地进行创造，以滋养灵魂并实现对自我价值的肯定。与其说上述矛盾是贵族同中产阶级之间的阶级矛盾，倒不如说它是贵族崇尚的法国文明同中产阶级维护的德意志文化之间的矛盾。由此观之，自19世纪末期开始的文化与文明之对立早在100多年前就有了预兆，一战前期和战时阶段德国对于文化概念价值的持续抬升也便有据可依了。

对于一战前后的德国人来说，文明不仅是文化的对立面，也是德国的对立面，它被视为非德国（undeutsch）的，甚至是反德国（antideutsch）的。也就是说，文化和文明这两个事物在20世纪初期的历史背景下具体指涉的大约可等同于是"德国文化"和"法国（西方）文明"，这显示出极为清晰的民族主义倾向，无论是对于战争中的德国来说，还是对于它的敌人们来说，皆是如此。这多半要归功于这场军事战争所服务的政治目的。协约国高喊制裁德国军国主义的口号，而他们欲制裁的对象德国则要誓死捍卫这一政治主张，甚至当一些欧洲文明的拥护者试图将德国文化从德国政治的"挟持"之下解救出来，从而令其免受指责时，德国的一部分学者们也依然坚持德国文化与政治的不可分割性（李哲罕，2015：28）。1914 年 10 月，由 93 位德国教授——其中包括伦琴、海克尔和普朗克——联合签署发表的《告文明世界书》（*Aufruf an die Kulturwelt*）中说道："要说这场针对我们所谓的军国主义的战争不是一场针对我们文化的战争，那是不对的……没有德国的军国主义，德国文化早不复存在。"（Härle，1975：210）① 在这样的民族主义和军国主义思想的支配下，为了德国文化和自由而奋斗以及为了德意志民族的生命权而抵抗成了一项崇高的文化使命，大到军队和媒体，小到知识分子个体，越来越多社会阶层的人受到了政治宣传的鼓吹和蛊惑，都对这场战争报以势在必得的心态，欲挽救德意志民族于水火，重唤"德意志性"（deutsches Wesen）和德意志文化的新生。

然而，德国在这场世界大战中还是失败了。究竟文化是否只是战争双方的幌子，究竟谁代表正义，谁挑战正义，都无法仅用一言来加以定论。战败的德国于 1919 年在巴黎签下了在德国人看来毫无公平可言的《凡尔赛条约》，这一结果不仅意味着战争赔款将会导致的经济重担和随之而来的众多社会问题，它更是一种强烈而不可小觑的精神耻辱，笼罩于德国人的心头，激起他们内心深处对于民主思想的不满，甚至勾起了一种民族仇恨，针对那些非德国的和反德国的事物，就如西方/法国文明。如此一来，文化的势头必然还要维持不短的时日：战争的失败和辱国条约的签署无疑是对德意志民族意识的双重打击，对于这一刻的德国来说，若有什么东西可以支撑他们战胜心灵上的痛苦从而恢复民族自信和民族自豪感——诚如埃利亚斯所言："德国人的自信不得不在和平协定签署带来的新形势下再

---

① 原文为："Es ist nicht wahr, dass der Kampf gegen unseren sogenannten Militarismus kein Kampf gegen unsere Kultur ist ［...］ Ohne den deutschen Militarismus wäre die deutsche Kultur längst vom Erdboden getilgt."

次找到出路。"（Elias，1939：7）① ——那不恰恰还是德意志文化吗？因此可以想见，文化和文明的和解还有一条长路要走。单单只是看斯宾格勒之作的深远影响便知道，二者间的鸿沟不是一朝得以填平的：一战后的德国，一些知识分子再次表达了他们对启蒙运动或直接或间接带来的理性主义、唯智理论（Intellektualismus）和功利思想的怀疑和拒绝，即使是那些指责《西方的没落》一书中传达的悲剧性宿命论的人，似乎也接受了斯宾格勒对于德国文明接管文化事实的判断，并试图找到一条回归文化状态（Naturzustand）之路。总之，文化和文明的对立在一战后的一段时间内还在不断被巩固，它们之间的对立是一切人们可以想象到的对立：内在与外在、生与死、情感与理性，或是灵魂与机器、鲜活与僵死、深层与表象，等等。哪怕是那些以最谨慎的态度对待此问题的科学家们，在承袭了传统的三阶发展模式观念的基础之上又亲身经历了战争期间文明地位的一落千丈，也不免对文化的更高地位坚信不疑。

四、结语

事实上，文化与文明的调解之日直到第二次世界大战结束后才真正到来。埃利亚斯表示，这一对概念在德国的发展史实则是德国同英法间关系史的写照（Elias，1939：303），那么既然和平思想和西方一体化（Westintegration）的政策成为 1945 年以来新时代新形势下的不二选择，德国同其他欧洲国家的敌对状态自然也就在很大程度上得以消解，那么文化与文明之间所谓的不可逾越的鸿沟虽不能说完全弥合，但至少不再是什么关乎民族存亡之命运的重大话题了。这样一个深处欧洲中心却几度与之格格不入的"叛逆"国度，一个在大势所趋的文明论述之下依然一腔孤勇地强调德意志文化灵魂内核的民族，暂且不论这一文化诉求是如何在战争的裹挟之下被军国主义思想和民族主义倾向浸染从而走向极端化的，那

① 原文为："［…］das Selbstbewusstsein der Deutschen sich in der durch den Friedensschluss geschaffenen，neuen Situation von neuem zurechtfinden musste."

自数百年前就隐约回响在这个民族耳畔的文化呼声和那其中默不作响地氤
氲缭绕着的浪漫气息值得被人们再次发掘和品读。

参考文献

[1] 奥斯瓦尔德·斯宾格勒. 西方的没落 [M]. 吴琼, 译. 上海: 上海三联书店, 2006.

[2] 李哲罕. "变"与"不变"背后的底色——托马斯·曼政治思想探微 [J]. 浙江学刊, 2015 (3): 27－32.

[3] ALEXANDER D, EDUARD M, OSWALD S. Läßt sich Geschichte voraussagen? [M] //CALDER III, WILLIAM H, ALEXANDER D. Eduard Meyer. Leiden: Brill (Supplements to Mnemosyne 112), 1990: 159－181.

[4] DAVID K. Ideen zur Philosophie der Kultur [M]. München: G. Müller, 1910.

[5] FRIEDRICH W N. Der Wille zur Macht. Versuch einer Umwerthung aller Werthe. Erstes und Zweites Buch, 1884－1888 [M] //FRIEDRICH N. Gesammelte Werke, Bd. 18. München: Musarion, 1926.

[6] HOUSTON S C. Die Grundlagen des Neunzehnten Jahrhunderts [M]. München: F. Brückmann, 1899.

[7] ISOLDE B. Geschichte des Wortes Kultur und seiner Zusammensetzungen [M]. Diss. München, 1951.

[8] JOHANN H P. Kultur und Zivilisation [M] //Festschrift für Paul Natorp. Berlin: W. de Gruyter, 1924.

[9] JOSEPH N. Kultur. Werden und Wandlungen des Begriffs und seiner Ersatzbegriffe von Cicero bis Herder [M]. Florenz: Bibliopolis, 1941.

[10] JÖRG F. Zivilisation, Kultur [M] //OTTO B, et al. Geschichtliche Grundbegriffe. Historisches Lexikon zur politisch-sozialen Sprache in Deutschland, Bd. 7. Stuttgart: Klett-Cotta, 1992: 679－774.

[11] MICHAEL P. Die Kultur-Zivilisations-Antithese im Deutschen [M] //Sprachwiss. Colloquium. Europäische Schlüsselwörter. Wortvergleichende und wortgeschichtliche Studien, Bd. 3: Kultur und Zivilisation. München: Max Hueber Verlag, 1967: 288－427.

[12] NORBERT E. Über den Prozess der Zivilisation. Soziogenetische und psychogenetische Untersuchungen, 2 Bände [M]. Basel: Haus zum Falken, 1939.

[13] OSWALD S. Vom deutschen Volkscharakter (1927) [M] //OSWALD S. Reden und Aufsätze. München, 1937: 130－134.

[14] OSWALD S. Der Untergang des Abendlandes. Umrisse einer Morphologie der Weltgeschichte, 2 Bände [M]. 16. Aufl. München: Deutscher Taschenbuch Verlag, 2003.

［15］STEFFEN B. Volksgemeinschaft oder Volkstaat. Die Ideen von 1914 und die Neuordnung Deutschlands im Ersten Weltkrieg ［M］. Berlin：Akademie Verlag，2003.

［16］THOMAS M. Friedrich und die große Koalition ［M］. Berlin：S. Fischer Verlag，1915.

［17］THOMAS M. Von deutscher Republik ［M］//HERMANN K，STEPHAN S. Thomas Mann, Essays, Bd. 2：Für das neue Deutschland 1919 - 1925. Frankfurt am Main：Fischer Taschenbuch Verlag，1993：132 - 133.

［18］WILFRIED H. Der Aufruf der 93 Intellektuellen und Karl Barths Bruch mit der liberalen Theologie ［J］. Zeitschrift Für Theologie Und Kirche，1975，72（2）：207 - 224.

［19］ERNST P. Französische Revolution ［J/OL］. （2018 - 08 - 24）　［2021 - 10 - 11］. https：//www. bpb. de/izpb/274837/franzoesische-revolution.

论海德格尔的诗性语言观

范黎坤*

内容摘要：*继海德格尔（Heidegger）提出"此在"（Dasein）的存在论观点后，"存在"（Sein）与"语言"（Sprache）成为其后期思想的主题。他为西方哲学的"语言学转向"（the Linguistic Turn）助力，在批判传统语言工具说的同时，强调语言的本体地位，并赋予其诗性之意蕴。海德格尔的诗性语言观对人类回归栖居生存具有重要的理论价值和启迪意义。*

关键词：*语言；存在；诗性生存*

Title：On Heidegger's view of poetic language

Abstract：After Heidegger put forward the ontological view of "Dasein", the theme of his later thought becomes "Sein" and "Sprache". He helped the "linguistic turn" of western philosophy. While criticizing the traditional language tool theory, he emphasized the ontological status of language and endowed it with poetic meaning. Heidegger's view of poetic language has important theoretical value and enlightening significance for human beings to return to living and living.

key words：Language，Being，Poetic Existence

20 世纪初，英美分析哲学派（Western Analytic Philosophy）引领哲学

---

* 范黎坤　上海交通大学外国语学院。

界开启了对于语言的深刻反思。弗雷格（Friedrich Ludwig Gottlob Frege）、罗素（Bertrand Arthur William Russell）、摩尔（George Edward Moore）、卡尔纳普（Paul Rudolf Carnap）及维特根斯坦（Ludwig Josef Johann Wittgenstein）等人在这一西方哲学的"语言转向"中发展并完善了他们有关语言的思想。同时，"语言"成为欧洲大陆哲学界最为核心的理论研究重点。胡塞尔（Edmund Gustav Albrecht Husserl）、伽达默尔（Hans-Georg Gadamer）、利科（Paul Ricoeur）等人分别从现象学和诠释学的角度分析了意识世界的构成，提出了语言本体论，而作为存在主义哲学的创始人，身处"语言转向"思潮中的德国哲学家马丁·海德格尔也经历了自身语言思想的转变，从早期由生存论出发来分析"话语"逐步转变为后期以语言为基础来追问"存在"，并于 20 世纪 30 年代提出一种与英美分析哲学迥然不同的语言存在论。本文以海德格尔的语言思想变化为轨迹，分析其在前后期的区别与联系，探讨诗性语言观的成因及其本质涵义，以揭示其对人类回归栖居生存所具有的启示意义及局限作用。

一、研究现状

国内有关海德格尔后期语言思想的研究始于熊伟先生对海氏著作的汉语译介。从 20 世纪 60 年代初《存在与时间》（Sein und Zeit）一书的节译和《关于人道主义的书信》（Brief über den Humanismus）的汉译到 80 年代初《存在与时间》《形而上学是什么》（Was ist Metaphysik?）等翻译著作的陆续出版，学界对于海德格尔的哲学思想开始有了一定的了解。

八九十年代起，随着首批相关论文的发表，一系列关于其后期语言思想的专著也纷纷问世，仅海氏诗性语言的研究资料就可谓卷帙浩繁，指不胜屈。从研究方向来看，除了总论性阐释，国内学界的研究成果主要集中在中西对比、语言哲学、美学艺术、技术批判这四个维度。孙周兴、陈嘉映等学者对海氏在不同阶段所持的语言观进行了详细的梳理；彭富春和叶秀山探讨了海氏思想发展和变化的过程，并对其做了不同于前后期的阶段性划分；白波、张祥龙和那薇将海氏的思想与中国道家、儒家做了系统比较，认为两者在某些方面具有相互诠释的可能；余虹、钱冠连从人与语言的关系出发，对海氏的本真言说和诗意栖居做了进一步阐释；张贤论述海氏对于诗性语言和技术性语言的理解，倡导艺术回归于诗；宋祖良揭示了海氏语言观中反技术理性主义的思想。

总的说来，国内对于海氏语言观的研究虽成果颇丰，但大多集中在理论阐释、审美艺术和中西比较等角度。语言哲学方面虽取得了一定的成果，却基本停留在 20 世纪海氏提出的语言思想理论上，缺乏深刻剖析。近年来，西方语言学及语言哲学、认知心理学等学科不断取得新的理论成果，分析哲学和现象学在语言思想上也有合流的趋势。在此背景下，结合新理论对海德格尔的诗性语言开展进一步研究，显然具有较高的理论价值。同时，海氏关于语言与存在的关系的阐释关乎人的生存境遇，对诗性语言的再度阐发，也具有一定的现实意义。

二、从生存论"话语"到诗性语言

海德格尔说过，对语言和存在的沉思很早就决定了他的思想道路（海德格尔，2001：93）。为揭示一般语言的存在方式，把语言问题纳入他关于存在的整体思想中，海氏在早期著作《存在与时间》中明确提出要把语言从逻辑化、形式化和哲学化中解放出来。不同于其他语言分析哲学家强调语言的个别构成环节，如字词、句子的语义、语用等层面，海氏不再从语言哲学的角度出发，询问语言的存在方式，而是将关注点聚焦在语言自身建构的整体性过程上。他将"人之存在"阐释为"此在"，将此在的基本生存论建构表述为"在世"（in der Welt sein），并围绕此在在世界中的存在状态来展开对语言的探讨。

海氏对日常语言的分析是以言谈、互听和沉默等各样方式所构成的生存论的整体意义为指归的（王宏印，1997：50）。在他看来，语言直接相关于存在。一方面，话语就是用有意义的字词和声音说出的语言，它和领会、解释、命题等一起构成"在世"的存在状态。如此，作为"此在"之话语的语言就包含了对世界、他人及自身的领会，昭示了此在"在之中"（in der Welt sein）与"共在"（Mitsein）的生存论本质（卢尔珍，2009：20）。另一方面，语言对于此在生存的建构还包括另外两种可能：听和沉默。"听"指听"存在者"，它构成了话语的一个部分。当人们说话的时候，所留意到的常常不是词语本身，而是说话过程中所指涉的事物，比如：听到猫叫时，人们首先感觉到的并非声响，而是猫咪这个"存在者"。这种领会无疑基于此在的在世存在。第二种可能是沉默，它与哑然不同，指的是有话可说却出于某种缘故而选择不说。比起滔滔不绝的言谈，它更能保持话语与此在生存之间的本真联系，避免语言在不同的人之间传递，成为话语的非本真状态——"闲言"（Gerede）。由此，可以看出，语言无法摆脱此在的生存层面，它围绕人的说话行为而展开，且本身并不独立。

综观海德格尔的《存在与时间》，关于语言的论述只占了极小的一部分。据他后来自承，自己很早就开始思考语言与存在的关系，但那时思路还不够开阔，无法形成成熟的思想体系。随着海氏对于语言的深入思考和对于存在的不断追问，语言在其理论体系中逐步由边缘者变为论述核心。他在重新开辟思路的同时，又强调"来源始终是未来"（海德格尔，2001：93）。尽管他的后期语言观对其前期思想有着一定程度的扬弃，但不可否认，前者仍是其后期思想体系的基础所在。

海德格尔的后期语言思想突破生存论上的"话语"界限，开始对语言本身进行直接深入的探讨，并指出语言与存在相联系时，前者甚至更具有优先地位。为摆脱形而上学话语的束缚，他放弃了纯概念的"存在"和"语言"这两个表述，转而采取一种诗意言说的方式，用"道说"（Sage）来命名语言，用"大道"（Ereignis）来表示存在。道说乃是大道说话的方式（海德格尔，2001：266），它的意思是显示（zeigen），也可以是让显现（erscheinen lassen）。

大道显示出来，就是"道说"，就有了语言。在海氏看来，大道并非一个可以定义的名称或指代，而是一种自行运行的非实在的东西。要解说"大道"就得联系"道说"，"从道说之显示来看，我们既不可把'大道'表象为一个事件，也不可把它表象为一种发生，而只能在道说之显示中把它经验为允诺者。我们不可能把大道归结为其他什么东西，不可能根据其他什么东西来说明大道。"（海德格尔，2001：195）道说本质上是大道自身运作的结果。大道与道说是不可分离的统一体。如果把"道说"比作道路，通过"道说"之路，大道得以运作，并聚集一切存在者并给予其自由的"澄明之境"（Lichtung），使人们得以通达"大道"。大道的不可译不在于其义的混沌不清，而是为强调大道不是人们通过感觉或思维能够对之进行表征的实际存在。它自行运作，并通过道说使语言在道说中向人们显示大道的本质。"大道是一个于自身中回荡的领域，通过这一领域，人与存在一并达乎其本质现身，获得其本质因素；人与存在因此失去了形而上学所赋予它们的那些规定性。"（海德格尔，2011：30）由此，人与存在都归属于大道。从这个意义上来说，人之说本质上是大道之显示的一部分。人之所以能说是因为有大道之道说。而诗（Dichten）与思（Denken）作为本真的人言，都应被视为道说的方式。"一切凝神之思都是诗，而一切诗都是思。两者从那种道说而来相互归属……"（海德格尔，2001：270）

三、诗性语言思想的内涵

海德格尔对语言的讨论始终立足于其对存在的追问。因此，语言的诗性在他那里，绝不仅仅是一种凭借某种特殊的形式或用法而突显出的文艺或审美方面的特性。从存在论范畴来讲，这种诗性就是语言存在的本质特征，"诗性乃是语言性的另一称谓"（余虹，1995：78）。

何谓诗性语言，海德格尔并未明确给出任何说法。从阐释荷尔德林（Johann Christian Friedrich Hölderlin）的《莱茵河》（Der Rhein）、《日耳曼》（Germania）到《走向语言之途》（Unterwegs zur Sprache）的发表，海氏在1936年至1959年中，以直接或间接的方式陆续阐发了他有关诗性语言的思想。这些论述，有的零散，有的集中，涉及的都是诗性语言的内在蕴涵。

首先，诗性代表着语言源于自然的根本属性。亚里士多德（Aristotle）曾指出："在声音的表达中发生的东西是对以经历的方式存在于灵魂中的东西的一种展示，而写的东西则是声音表达的一种展示。而且，正像写人而不同一样，声音的表达也各不相同。"（郝文杰，2008：16）这种西方形而上学框架下的语言观认为主体的理性高于一切，语言不过是人们用来传达精神和自我意识的工具。对此，海德格尔评论，亚氏从未纯粹地从事物本身及其来源的角度阐明显示本身与它所显示的东西之间的关联。形而上学的语言工具论遮蔽了人与语言之间真正的关系。他认为，如果把语言，确切地说，把道说置于更为广阔的存在论视域下进行考证，就会发现道说本身具有显和隐的双重属性。隐的一面对应的是存在的言说，即存在本身在说话而非人说。这种"无声的寂静之音"（海德格尔，2001：264），被海氏理解为存在通过自身运作的自然涌现，是一种本真的自然的无声语言。而显的一方对应的则是存在者，他只有通过聆听并领会存在的无声之言才能真正将之转化为有声的人言。因此，追根溯源，所谓诗性，指的首先是语言源于自然的始源性。正因为如此，诗性语言才是最贴近本真的自然的语言。

其次，诗性体现了语言由自然无声到诗意吟唱的转换。海德格尔在《走向语言之途》中提到"把语言（道说）的语言带向语言（人类有声的表达）"。那么如何实现把无声的道说转化为有声的人言，并保留其本真的属性呢？人言和本真语言之间的距离只有通过特定的方式才能克服。人们要"接受和顺从语言之要求，从而让我们适应地为语言之要求所关涉"（海德格尔，2001：146）。在与语言的关系中，言说者并不具有主导地位；相反，他只有对大道之说有所倾听、应和，并领会时，才能通过语言把本真的存在显现出来。所以，在"道说"向"人言"的变化过程中，本真的道说也可能堕落为一种非本真的言说，变为闲言。对此，海氏进一步指出，只有诗人才能"把他在语言上取得的经验特别地亦诗意地带向语言而表达出来"（海德格尔，2001：149）。他把诗人看作"使一个民族（人类）与存在者整体的归属关系焕发出其原始而本真的声音的阐释者"（卢尔珍，2009：23），认为诗人承担着诗意表述大道无声之说、吟唱存在真理的使命。一方面，语言通过诗人实现了向其本真、诗意的状态的回归，另一方面，通过诗意的言说方式，人们才得以接近语言的本质，将存在者的本来面目真实呈现出来。

　　第三，诗性语言筑造诗意栖居。海德格尔关于诗意栖居的思想源自他对理性科技统治下的精神世界丧失现象的思考。在被海氏称为不思的时代里，人过度夸大了自己的主体地位，理性主义和技术至上导致了西方文化的没落，精神和思想蜕变为纯粹的理智和实用的技能。但凡不能以价值衡量、无法带来实际利益的东西，统统被弃置一旁。正是在这样的时代背景下，现代人竞相追逐金钱、物质、名誉、地位等实用的存在者，而对精神、自然、美、爱情、理想等诗性存在却视而不见。从这个意义上来说，海氏对于诗意栖居的探问和追寻正是出于对技术时代中人的生存状态的担忧。

　　在《通向语言的途中》中，海氏通过阐释特拉克尔（Trakl）的诗歌《冬夜》（*Ein Winterabend*），将存在解读为天、地、人、神相聚成的一体，并指出"栖居"（Wohnen）不单是占用住宅的行为，而是指人在大地上的存在。而要实现四方之统一、和谐并存，并最终达到诗意栖居的生存状态，就必须将思与诗联系起来。

　　关于思的描述，海氏在《关于人道主义的书信》里有明确的说法："这种思想之为思想，就是对存在的思念，而不是别的什么。"（海德格尔，2000：421）"这种思想把语言聚集到简单的道说之中。语言是存在之语言，正如云是天上的云。"（海德格尔，2000：429）因此，与理性认识、逻辑思辨不同，海氏是从大道之说的角度来看待思的，它既是对大道的接受和顺从，"对于神秘的虚怀敞开"（孙周兴，1996：1240），又包含了对其的应和，"对于物的泰然任之"（孙周兴，1996：1240），是对隐蔽着的存在的言说的追问。

　　海德格尔是从诗人通过词语呈现存在者的角度来阐释诗的。"诗乃是对存在和万物之本质的创建性命名——绝不是任意的道说，而那是让万物进入敞开领域的道说。"（马丁·海德格尔，2000：47）。在他看来，词语不是对人内在思想的表述，而是诗人用来让物显现的中介。通过对物的命名，即一种顺从并应和道说指令的言说，存在者的存在才能为人所知晓。"词语才让一物作为他所是的物显现出来，并因此让它在场"（海德格尔，2001：158），存在者正是通过这种命名而得以使其本真的存在状态展示并驻留下来。"但诗人，创建那持存的东西"（马丁·海德格尔，2000：44），诗人作诗即用诗的要素来言说物。诗作为一种介质，是人在本真地倾听语言呼唤时的应答，使词语和万物之间原本简单的对应变成更深入、更本源的本真联系，从而让存在者显现出生生不息的活力，得以持存在大地。

不难发现，海德格尔对诗的阐释立足于诗性语言对于大道之说的显现作用，存在借由诗歌实现了由隐入显；而思作为对大道的顺从和应和，"被存在抛入对存在之真理的保藏中而且为此种保藏而被占用"（海德格尔，2000：421）的同时，还担负着召唤语言入道说的职责，体现的是存在由显入隐的过程。因此，诗与思将大道之说最为本真地转化为人之言说，并保存于其中，筑造了人之本真居所。

海德格尔的诗性语言观解构了以人类为中心的主体性原则，主张人们不能以自我的存在来衡量世界的存在，也不应低估语言对于诗性生存的重要作用。语言是存在的家。海氏对语言的追问为人们在语言中找到了本真居所。跟随诗人的脚步，聆听大道的指令，迎合存在的呼唤，才能到达本真居所，实现人与天、地、自然的诗意栖居。

伴随着海德格尔诗性语言思想的不断成熟，他在阐发和论述这种语言观的时候也在不断地实践着它。这种关于其语言思想的外在表征也是诗性的，具体来说表现为，通过阐释他人的诗歌，并尝试用诗化的语言来表达自己的思想。

海德格尔阐释诗歌并不是为了揭示其所包含的思想，而是试图通过这种阐释的过程发起对于自身思想的追问。他在荷尔德林、索福克勒斯（Sophocles）、特拉克尔（Georg Trakl）、黑贝尔（Friedrich Hebbel）、品达（Pindar）等著名诗人处体验到了诗歌的诗意，领会了诗性语言的本真性和优越性，并把这种经验写进其很多重要的论述中，甚至单独成册。他尤为推崇荷尔德林，认为其诗歌，如《追忆》（Andenken）、《伊斯特河》（The Ister）等不但"诗意地表达了诗的本质"（马丁·海德格尔，2000：52），还向自己昭示了通过诗性语言实现人在大地上安居的可能，使他得以借助对诗歌的阐释抒发对技术时代的担忧，发起对于人如何实现诗意栖居的追问。

　　海德格尔否定形而上学的语言，并将这种拒斥实践于阐释诗歌的过程中。他的行文显示出一种明显的诗化风格，存有若干同义重复的表述，如"把作为语言的语言带向语言""存在者之存在"等。他还常常用隐喻进行诗意的追问，如将语言比作"存在的家"，将大道之说比作"无声的寂静之音"，将技术时代称为"贫困时代"。同时，海氏后期语言思想中还出现了只能领会而不可直译的主导词，如大道、无蔽（aletheia）、促逼（Herausfordern）、集置（Ge-stell）、逻各斯（logos）等，使海氏的文风带上了些许晦涩与深奥的不确定性，平添了几分诗意的韵味。

四、前后期语言思想比较

　　尽管目前学界对于海德格尔的语言思想发展阶段的划分有着不同的看法，但一般来说，包括其学生伽达默尔在内的绝大部分学者皆以 20 世纪 30 年代为界限，将海氏基于此在的生存论构建的语言思想作为其前期的成果。随着思考的深入，海氏逐渐发现了其思想体系中的一些问题，多番尝试解决却仍不能自圆其说，导致他中途放弃了《存在与时间》的撰写。这部囊括了他前期思想的代表著作竟是遗憾地成了一部残篇。此后，他不得不重新开辟思路，最终走上了以语言为中心来追问存在的思想之路。

　　纵观海德格尔前后期语言思想的发展和变化，不难发现，他始终致力于从人与语言的关系出发来探讨语言的本质。尽管两者讨论的侧重点有所不同，却具有统一的内在逻辑，即必须摆脱西方形而上学的桎梏，这构成了他前后思想的一致性和连贯性。

　　工具化的语言观发端于逻各斯中心主义及主客对立的思维方式。对于"形而上学以西方'逻辑'和'语法'为形态，很早就夺取了对语言的解释"（海德格尔，2000：369）的说法，海德格尔持批判的态度，认为要认识语言的本质，单从命题或表达的维度论证句法和词法的特征及规则，是没有意义的。他在《存在与时间》中特别指出，从逻辑性来理解语言缺乏生存论根基，因为"逻各斯"词源上的含义为"话语"（Rede），而话语是构成此在生存论的基本要素之一，是世界中的"存在者"（Seiendes）。为使语言摆脱工具化的命运，对语言的探讨应围绕"此在"在世界中的存在状态而展开。

到了后期，语言的地位随着海氏的著名论断"语言是存在的家"而上升到了存在论的高度。他批判了洪堡具有人类中心主义特征的语言观，指出其虽然把语言理解为一个由精神活动建构起的真实世界，但从本质上来说，这种设定依旧是从人的角度出发而非从语言本身来探求语言的。而海氏试图为人们指出的是一条由语言自身开辟出的通往语言之本质的林间小径。语言不再是人的活动，也不从属于人。它是存在本身的显现，并借由人之口来言说，而人只能聆听存在发出的无声之音，并主动顺从应合。从这个意义上来说，语言彻底摆脱了工具化、对象化的命运。

由此可见，不管在前期还是后期，海德格尔都非常注重对形而上学的超越，其对逻辑中心主义的批判贯穿其关于语言思考的过程始末。但仔细反观其前期对语言的论述，不难发现，彼时的海氏将论述的重点放在此在的生存论本身，语言并非其思想中的重点。作为建构此在生存的一个要素，语言只是此在在世界中所使用的"上手事物"（海德格尔，2015：188）。"语言显然也是一种存在着的东西，是在其他存在者之中的一种存在者"（海德格尔，2014：65），从这个意义上来说，海氏的早期思想显然并不成熟，对于形而上学语言观的"匆忙批判"也不彻底，他虽竭力想和逻辑中心主义划清界限，但终究未能跳出形而上学的话语框架。"由于语言问题受制于存在问题的整体思路和《存在与时间》的全书结构，无法作为独立的研究课题突现出来，只是为后期更为成熟而系统的表述奠定了一个基础。"（王宏印，1997：52）

从另一个角度来看，海氏的这种"过早的先行冒险"（海德格尔，2001：93）可以说是其思想发展变化的必经过程。海氏通过早期关于语言的思考，清晰地认识到语法和逻辑已然成为传统语言观的基本特征，单就语言的某个属性来探讨语言的研究方式割裂了语言的完整性。要揭示人与语言之间的本质联系，就必须放弃"凌驾在语言之上"的上帝视角，在关于语言本质属性的理解上进行彻底翻转。因此，作为存在者的语言在海氏的后期思想中经历了本身地位的转变，成为诗性的道说。"把作为语言的语言带向语言"的道路公式揭示了语言的双重本质。一方面，语言作为大道之无声道说，具有最为本源的特征，并肩负着对存在者有所言说并使其存在得以显现的职责；另一方面，这种语言经由诗人之口吟唱，将大道的寂静之音带入人言，实现了从不可说到可说的转换，是最为接近大道之无声道说的语言。可以说，海氏后期的语言思想发端于对于传统语言观的批判，奠基于对前期思想的修正。后期的他完成了与逻各斯中心语言观的彻底决裂。

海德格尔后期思想对前期的继承还体现在其对于人如何获得本真的生存状态的关怀。在《存在与时间》中，海氏以"沉沦于世"（Verfallenheit）来描述此在的基本生存状态："从本真的能自己存在脱离而沉沦于'世界'"（海德格尔，2014：204）。"沉沦"是指此在在世界之中平庸地日常生活，与他人共同渐渐遗忘本真。海氏通过对存在的时间性的思考，寻觅到了到达此在本真存在的途径，即以加深对死亡的体悟和理解来提醒自身审视存在状态，认识到此在在存在上的时间的有限性，死亡终是无可避免。这种"向死而生"能激发此在内在的精神觉醒和生命活力，以摆脱沉沦于世的生存状态。对于本真生存状态的关怀延续到了海氏后期的思想中。"终有一死者"在理解自身有限性的基础上，对"向死而生"有了进一步的体会。此在通过诗与思来聆听大道之寂静之音，从尘世的梦幻中幡然醒悟，反省过往舍本逐末的生存状态，敞开心胸领受大道，进入天地人神和谐统一的诗意境界，从而实现本真的生存。

五、诗性语言之启示

海德格尔对语言和存在的思考决定了他的思想路线。从建构此在的生存论出发，边缘性地探讨语言发展到将语言置于理论的核心位置，再到提出在语言中实践诗意栖居的思想，海氏的语言思想可以说是极富独特性和创造性的。

首先，海德格尔从语言本体论的维度来揭示语言的本质，拓宽了语言的边界，开启了语言研究的全新视角。与身处 20 世纪"语言转向"思潮中心的英美分析派代表维特根斯坦、罗素不同，海氏并不认同将逻辑和语法作为语言研究的基本法则，提出可思、可说的语言范畴不仅仅局限于逻辑语言，而是主张维氏不可说的"神秘所在"也能通过诗性语言来呈现，因为世界从根本上来说就具有语言性。他的诗性语言观强调了语言对于存在之真理的显现作用，所有对世界本身、在世的存在者及对存在者自身的感知都要借助语言而得以彰显。海氏另起炉灶，立足于广义语言观，在本体论的维度上发起了对语言本质的阐发，把语言当作存在本身的家，宣告了他对西方传统形而上学语言观的弃绝。

其次，诗性语言观是对人的理想生存状态的现实观照。海氏语言思想的终极关怀在于人如何达成本真存在。他关于语言是存在的家的表述有两重含义：一方面，存在者的存在要依靠语言才能得以显现和保留；另一方面，人的语言活动植根于对于存在的"无声之说"的理解，这种理解造就了人所生存的世界。因此，从根本上看，语言构成了人的生存方式。人在大地上的诗意栖居是以语言为基础的。海氏将存在的真理阐释为"澄明之自由境界"（海德格尔，2004：263），并结合现代社会中人们的世俗化、功利化的生活状态，提出对于安身立命来说，享受物质和纵情权欲无法将人从精神痛苦和环境危机中拯救出来，只有心怀理想和希望，倾情艺术与文艺，执着诗意与和谐，才能帮助现代人走上通往本真存在的道路。海氏关于诗意栖居的思想倡导了一种超越自我、不为物役的自由生活，为人之理想存在指明了方向。

最后，诗性语言思想的研究实现了方法论上的创新。海氏特别注重与传统语言观划清界限，认为形而上学话语框架内关于词语的理解会误导人们对语言的认识。要摆脱干扰，就必须回溯到作为西方思想发源地的古希腊。因此，他在研究中，尤为强调从词源的角度考证和追溯词语的原始含义，利用词语、词根、词缀创造了若干符合他所要表述意义的新词，或从词源出发赋予词语新的含义。后期，海氏开始频繁使用阐释诗歌的方式来探讨诗性语言的本真性和优越性，尝试在诗性语言中实现栖居的可能。对于这样的研究方法，学界评价不一。有学者认为，无论是探究挖掘词源还是过度解读诗歌，都只是海氏"为了找回他认为对于开始思语言是重要的东西"。（约翰逊，2014：97）这种方法给了后现代思想家极大的启发，促使德里达（Derrida）完善了文本解构及再理解的理论，帮助福柯（Foucault）通过解读委拉斯凯茨（Velazquez）的作品《宫娥》（*Las Meninas*）论述其考古学思想。持否定态度的学者评价海氏的语言出于自行杜撰和发掘，类似于一种独断，缺乏令人信服的科学依据。但不管怎样，海氏的研究实现了方法论上的创新，具有开创性意义，对于后来人具有一定的启示作用。

六、诗性语言思想的局限

海德格尔的诗性语言观强调语言对诗意生存的重要作用，倡议人们借助诗性想象和诗意思考去关照世界，体验人生，挣脱世俗的感性欲望和权力至上，破除工具理性及技术理性对语言，乃至本真世界的遮蔽，回归大道。他发出"诗意栖居"的号召，无疑为沉沦于技术世界而无家可归的现代人指明了一条返乡之路。然而，人和社会都是在实践中生成的，都具有历史的性质，语言无法成为人类生存的根基。因此，海氏的诗性语言观具有鲜明的理想主义特征和乌托邦色彩。

"语言的使命是在作品中揭示和保存存在者之为存在者。"（海德格尔，2000：40）存在通过无声之音将自己传递给人，进而存在之说又向人之言说转化，成为存在者安身立命之所。因此，人的本真存在是通过语言对存在的道说而建立起来的。海氏的初衷就是回溯到古希腊时代，将人归属于诗性语言之中。这种将语言作为人类生存根基的观点显然忽略了语言本身的历史性和社会性，因为语言作为一种文化符号，"只是由于需要，由于和他人交往的迫切需要才产生的"（马克思、恩格斯，1995：81），其内涵和外延意义必定随着历史条件和社会背景而不断变化。语言可以用来交流信息，也可以保存人类的生活和历史，却无法成为世界的本体。"无论思想或者语言都不能独立组成特殊的王国，它们只是现实生活的表现。"（马克思、恩格斯，2003：122）从这个意义上来看，海氏依靠语言来建造人类皈依之理想国的做法显然赋予了语言过高的历史使命，缺乏对社会历史的考量为其语言思想的一大局限。历史是人和社会的存在方式，真正的存在之家只能是历史和生活。

海氏寄希望于诗歌来帮助现代人拓展生存空间，改变生存方式，是其含有理想主义色彩的"一厢情愿"。海氏心中的诗性语言并非一种以人的主观意志为转移的主体性行为，而是人之言说对于大道之道说的聆听和应和。人只能顺从大道，无法用自由意志和理性经验来支配自己的言说。因此，引领现代人踏上归乡之路的诗人也只能听天由命。海氏将诗歌归结为人之宿命的观点，显然具有强烈的理想主义倾向。从诗歌的本质来看，其构建的图像始终是一种由精神创造的以社会生产实践为基础的虚拟世界。因此，诗歌无法超越社会历史的限制而一跃成为人类的终极理想之家。海氏用诗歌指引无家可归的现代人回归精神家园的期望只能是一种不切实际的乌托邦。

七、结语

为跳出形而上学的话语框架，海德格尔试图通过召唤被柏拉图（Plato）驱逐出"理想国"的诗人，而寻回未被逻辑所规定的语言。他另辟蹊径追问存在之真理，探究诗意之生存，促使德里达、罗蒂（Rorty）等学者转变了思考的维度，将20世纪西方哲学的"语言转向"引向了一个不同于分析哲学范式的发展方向。可以说，海氏在一定程度上取得了成功，但纵观其对于语言的整体性阐发，以及在方法论上的革新，很多地方都缺乏科学的依据和可靠的支撑，有待进一步商榷。晚年的海氏曾发出哀叹，"哲学将不能引起世界现状的任何直接变化，不仅哲学不能，而且所有一切只要是人的思索和图谋都不能做到，只有一个上帝能救渡我们。"（海德格尔，1996：1316）尽管海氏关于语言的思考对于推动现代人反思在世的生存状态有一定的作用，但他用诗性语言为人类建构起来的只能是一个虚幻的空中楼阁，而非真正的安居所在。

参考文献

[1] 海德格尔. 通向语言之途 [M]. 孙周兴，译. 北京：商务印书馆，2001.

［2］王宏印. 存在与语言——前期海德格尔语言观剖析［J］. 陕西师范大学学报（哲学社会科学版），1997（4）：44-50.

［3］卢尔珍. 论海德格尔的诗性语言观［J］. 江南大学学报（人文社会科学版），2009，8（6）：19-23.

［4］海德格尔. 同一与差异［M］. 孙周兴，等译. 北京：商务印书馆，2011.

［5］余虹. 西方现代诗学的语言学转向［J］. 文艺理论研究，1995（2）：76-84.

［6］郝文杰. 诗性空间：论海德格尔的语言真理观［J］. 大连大学学报，2008（5）：16-18.

［7］海德格尔. 路标［M］. 孙周兴，译. 北京：商务印书馆，2000.

［8］孙周兴. 海德格尔选集［M］. 上海：三联书店，1996.

［9］马丁·海德格尔. 荷尔德林诗的阐释［M］. 孙周兴，译. 北京：商务印书馆，2000.

［10］海德格尔. 存在与时间［M］. 陈嘉映，译. 北京：商务印书馆，2015.

［11］海德格尔. 形而上学导论［M］. 孙周兴，译. 北京：商务印书馆，2014.

［12］马丁·海德格尔. 在通向语言的途中［M］. 孙周兴，译. 北京：商务印书馆，2004.

［13］帕特里夏·奥坦伯德·约翰逊. 海德格尔［M］. 张祥龙，等译. 北京：中华书局，2014.

［14］马克思，恩格斯. 马克思恩格斯选集（第2卷）［M］. 北京：人民出版社，1995.

［15］马克思，恩格斯. 德意志意识形态（节选本）［M］. 北京：人民出版社，2003.

［16］海德格尔. 海德格尔选集（下卷）［M］. 孙周兴，编译. 上海：三联书店，1996.

本雅明与《机械复制时代的艺术作品》

黄清璇*

内容提要：瓦尔特·本雅明是德国著名的思想家、文学批评家，法兰克福学派的代表人物之一，《机械复制时代的艺术作品》是其后期的重要作品。在该文中本雅明考察了现代科技的发展给艺术带来的巨大变革，并表达了对新兴的机械复制艺术，尤其是电影艺术的重视和肯定，这一思想在当时无疑具有进步意义。本文尝试从传统艺术的衰落、现代工业社会中艺术的变革以及电影艺术的特征和意义三方面来考察本雅明在该文中提出的重要思想。

关键词：本雅明；《机械复制时代的艺术作品》；电影艺术

Title：Walter Benjamin and *The Work of Art in the Age of the Mechanical Reproduction*

Abstract：Walter Benjamin is a well-known German thinker, literary critic and one of the representatives of the Frankfurt school. *The Work of Art in the Age of the Mechanical Reproduction* is an important work from his later period, in which he investigated the tremendous changes in art brought about by the development of modern technology, and expressed his recognition and appreciation of the new art in the mechanical reproduction period, especially the film. Benjamin's idea was undoubtedly of progressive significance at that time. This essay attempts to examine the important ideas Benjamin put forward

---

* 黄清璇 上海交通大学外语学院。

in his work in terms of the decline of traditional art, the transformation of art in modern industrial society, and the character and significance of film.

Key words: Benjamin, *The Work of Art in the Age of the Mechanical Reproduction*, film

瓦尔特·本雅明（Walter Benjamin），德国犹太学者，著名的文学批评家，法兰克福学派的代表人物之一，也曾以自由记者、作家、政论家和译者等身份谋生。他的思想庞杂，涉及领域众多，既有犹太神秘主义的色彩，又闪烁着马克思主义的光辉，主要代表作品有《德国浪漫派的艺术批评概念》《歌德的〈亲和力〉》《德国悲剧的起源》《拱廊街计划》等。发表于 1936 年的《机械复制时代的艺术作品》（*Das Kunstwerk im Zeitalter seiner technischen Reproduzierbarkeit*）是他后期的著作，阐述了其重要思想，在该书中本雅明考察了现代科技的发展给艺术带来的巨大变革，并表达了对新兴的机械复制艺术，尤其是电影艺术的重视和肯定。在技术与艺术愈益融合、艺术生产依托技术平台的当下，本雅明这一思想仍有十分重要的意义。本文将在概述本雅明生平经历和文艺思想的基础之上尝试从传统艺术的衰落、现代工业社会中艺术的变革以及电影艺术的特征和意义三方面来研究本雅明在该文中提出的重要思想。

一、本雅明生平经历及文艺思想总述

1892 年本雅明出生在德国柏林一个富裕的犹太家庭，他先后在弗赖堡、慕尼黑和伯尔尼大学就读，并于 1919 年获得博士学位。他用短暂的一生创造了丰硕的思想成果，但生前名声不大，去世后才声名鹊起。汉娜·阿伦特在《启迪》中特别提到了本雅明著作中常出现的"驼背侏儒"——德国童话故事中给小孩子带来灾难和霉运的人物。这一形象可谓与本雅明一生相伴，使他屡屡陷入厄运。

在拒绝了博士导师提供的大学任教职位之后，本雅明决定成为一名自由评论家。这一选择导致本雅明与父亲的关系恶化，他失去了父亲提供的经济支持。然而写作并不能够维持奢侈的生活，本雅明必须谋求一个稳定的大学教职。可是在申请中他一再受挫。1925 年本雅明凭借论文《德国悲剧的起源》申请法兰克福大学教授席位却遭到无情拒绝，1927—1928 年他通过好友霍夫曼·斯塔尔加入瓦尔堡学派的尝试也以失败告终。1919—1929 的 10 年间，他有过一系列办杂志、做翻译、写小说等计划，但都没有取得成功。总而言之，"在过去 10 年里，他作为自由创作的哲学家、政论家和批评家，首先只做成了一件事情：源源不断地制造了一系列失败的大工程。"（艾伦伯格，2019：28）1933 年在纳粹势力的驱逐下本雅明逃亡巴黎，继续学术研究。到了 1940 年巴黎也不再为犹太难民提供政治保护，此时本雅明获得了纽约社会研究院的帮助，决定离开法国前往西班牙乘船移居美国。但由于在入境西班牙时遭到了阻碍，必须原路返回法国，本雅明最终自杀身亡。

　　他的文艺思想大致可被概括为：对现代社会中艺术转型的考察、艺术生产论和机械复制时代的艺术论（对比朱立元，2019）。本雅明从马克思主义"艺术受到物质生产关系支配"的唯物史观角度出发指出，传统的"手工劳动关系"孕育出一目了然的、重叙述的古典艺术。随着生产关系的革新，传统艺术衰落不可避免，出现了与现代工业社会生产关系相适应的、令人费解的机械复制艺术。在他看来，物质生产规律也适用于艺术创作。艺术创作技巧就是艺术生产力，艺术创作者与欣赏者之间构成艺术生产关系。因此他十分推崇先进的艺术创作技巧，如布莱希特的史诗剧和先锋派艺术。此外，他从消费的角度出发还提出了将艺术欣赏者转换为创作者的思想。而机械复制时代的艺术论可以说在一定程度上与本雅明本人的命运相似。当 1936 年《机械复制时代的艺术作品》发表时，本雅明受到了法兰克福学派其他成员，如阿多诺、马尔库塞等人的猛烈批判，直到 1963 年阿多诺推动该书再次出版时这一理论才获得广泛关注。法兰克福学派诞生于 20 世纪 30 年代的德国，这一学派思想的主要特征集中表现为对现代资本主义的"社会批判理论"。但学者们的研究兴趣和思想主张各不相同。其中一个很大的分歧发生在本雅明和以阿多诺为代表的法兰克福学派其他学者之间。20 世纪 30 年代，本雅明和阿多诺展开了三次辩论，第二次辩论就聚焦于《机械复制时代的艺术作品》。

在该书中，本雅明指出机械复制时代的新艺术品符合社会发展水平和现代人的愿望，表达了对机械复制艺术的肯定和接受。对此阿多诺指责本雅明采取了一种非辩证的态度。他认为，一方面在论证中本雅明只看到了自律艺术的落后，而忽视了其为激进主义者所利用的可能性。另一方面本雅明对于机械复制艺术的革命性带有一种盲目乐观的态度，而事实上这种艺术却更适合被法西斯主义所操纵。在发表于 1938 年的《论音乐中的拜物特征和听的退化》（ *Über den Fetischcharakter in der Musik und die Regression des Hörens* ）中，阿多诺以资本主义音乐为例指出，在现代工业社会中存在着艺术商品化现象。"商品形式彻底控制了当代全部音乐生活……音乐以它全部被慷慨授予的缥缈、崇高的属性，今天在美国充当了不惜本钱以便让人们听到音乐的商品广告。"（阿多诺，2015：253）艺术商品化使艺术的创作与其交换价值挂钩，音乐的畅销性代替了传统音乐中的独特品质，导致了倾听的退化——听众们不必了解自己听到了什么，"消费者真正祈祷的是他自己为托斯卡尼尼的音乐会门票所花费的金钱"（阿多诺，2015：254）。从阿多诺的论述中，我们可以看出他认为资本主义工商业的发展造成了一种庸俗化和物化的大众文化，因而他对本雅明对机械复制艺术的肯定提出了质疑。那么本雅明缘何肯定机械复制艺术，在本雅明看来机械复制艺术有何进步意义呢？为此，有必要对《机械复制时代的艺术作品》进行分析。

二、《机械复制时代的艺术作品》分析

《机械复制时代的艺术作品》有先后两个版本，其中第一稿由十九章构成，第二稿有十五章。其中本雅明的思想可以被大致总结为三点：对传统艺术的回顾，对现代工业社会中艺术变革的考察以及对新兴电影艺术的关注。笔者从这三个方面分析本雅明的思想。

（一）对传统艺术的回顾——有韵味的艺术

韵味是本雅明思想的一个关键词，其德语原文为 Aura，在不同的中

译本中也被译为灵韵、灵晕、灵光、光韵、氛围等。这一概念首次出现在《摄影小史》中。本雅明如是描述一张童年卡夫卡的照片：六岁大的男孩穿着并不合身的童装站在冬季花园中，背景里却是人为设置的体现热带风情的棕榈树。男孩看世界时充满悲哀的眼神使相片呈现的世界笼罩在一种光韵之中（本雅明，2006：19）。这样的光韵是与早期摄影技术相联系的：由于早期摄影需要长时间曝光，光线组合就会短暂地叠加出现在胶片上，由此便产生了相片上的光韵。

但在本雅明的思想中韵味不简单指这种由于技术不成熟所造成的光韵，他继续写道："那是一种非同寻常的时空层，是遥远的东西绝无仅有地做出的无法再贴近的显现。一个夏日的午后，站在地平线上的一座山脉或一片树枝折射成的阴影里静静地去观照那山或那树，直到与之融为一体的片刻或时光降临，那就是这座山或这片树的光韵在生息。"（2006：29）这是本雅明对自然对象的韵味的说明。从这段话中我们可以明了本雅明所说的韵味是"人与自然在自然交往关系中产生的"（朱宁嘉，2009：65）一种体验，在这种交往关系中人与自然在物理空间中保持着距离而在内心感受上则无比贴近，并且这种体验与交往当下所处的时空紧密相连，因而也是独一无二的。

传统艺术是有韵味的艺术。在《机械复制时代的艺术作品》一书中，本雅明将韵味定义为"在一定距离之外但感觉上如此贴近之物的独一无二的显现（1993：10）"。这段表达表明传统艺术的韵味体现在以下三个方面：

第一，传统艺术品具有独一无二性。首先，传统艺术十分看重艺术品的原真性。在本雅明看来，即使是最完美的复制品也无法等同于原作，因为其缺乏原作的即时即地性。而这种即时即地性正构成了原作的原真性。一件传统艺术品的价值离不开它被创造出来的时空的独一无二性，离不开它所经历的全部历史，离不开在历史演变中它在物理构造和占有关系方面发生的变化。手工复制品之所以无法和原作相提并论，正在于其所能模仿的只是原作的外表，而无法复制原作所包含的历史性因素。因此，在传统艺术中原作得以保持其独有地位，而复制品则被斥为赝品。其次，传统艺术品具有永恒价值。在古希腊时代，只有硬币和陶器是能通过复制进行大量生产的艺术品。其他的艺术品不仅不可以进行大量复制，在艺术创作的过程中也无法进行修正。最为典型的就是古希腊的雕塑。雕塑是一整块构成的。局部的错误在雕刻过程中并不能够被修改，也不能被重新雕刻并组装。一件优秀的雕塑作品需要工匠付出大量的心血。在手工复制年代，他们是无法被大量生产的。因此，一件完美的雕塑艺术品更显得弥足珍贵。

第二，传统艺术往往与人保持着距离感。这一方面是由于原作的独一无二性导致的传统艺术品具有较小的接受圈子。正如上文所论述的那样，在传统艺术中，手工复制品因其不具有原作的即时即地性被人视为赝品，失去了收藏和欣赏的价值。传统艺术品的数量之少使得只有少数贵族上层阶级才有可能拥有，而普通大众则无从欣赏。另一方面则是由于其膜拜价值。本雅明指出，艺术的原真价值根植于神学，艺术的社会功能建立在礼仪之上。这种礼仪首先表现为巫术，而后表现为宗教。早期艺术发源于巫术，艺术品最早是为巫术服务的。在生产力低下的早期人类社会，人们往往将无法解释的现象归于超自然原因。爱德华·泰勒在《原始文化》中提出早期人类的一个显著特点在于万物有灵观，即它们相信有神灵控制世界，并且人可以和神灵相通。在这样的信仰基础之上便诞生了巫术。巫术的形式包括祭祀、歌唱、舞蹈、绘画等。这就是早期的艺术形式。例如原始人类借在洞穴墙壁上画动物的巫术来增加狩猎成功的机会，这些绘画逐渐演变成了壁画这一艺术品。既然艺术是人与神灵沟通的方式，那么它们也就具有了为人所膜拜的功能。在历史的进程中人类社会的生产力有了极大的提高，人们对于世界的认识也不断发展。巫术逐渐退出历史的舞台，被宗教取而代之。于是宗教成了艺术的服务对象。在中世纪的欧洲，基督教占据着人们生活的中心，圣经故事成为艺术创造的题材。各种教堂建筑、内部装饰以及雕塑绘画等都反映了基督教神学精神。如哥特式大教堂修建得十分高耸，阳光透过绘有圣经故事的彩色窗户，便在教堂上方营造出一种神秘的天国气息。当人们步入教堂时就会情不自禁地产生敬畏之情。艺术品因与宗教的联系而变得带有神性和神秘色彩，虽然它是人造物，但是一经诞生就成了人们顶礼膜拜的对象。本雅明指出"正是这种膜拜价值要求人们隐匿艺术作品"（1993：13）。为了保持艺术作品的神秘性，许多神像只有高级宗教人士才可以接近，而教堂中的圣母像更是几乎被完全遮盖，普通群众无从接触也无法欣赏。

第三，传统艺术与其观众在心灵上又是贴近的。面对传统艺术品，人们需要凝神专注地去欣赏和沉思。本雅明将凝神专注的态度表述为："面对艺术作品而凝神专注的人沉入该作品中；他进入这幅作品中，就像传说中一位中国画家在注视自己的杰作时一样。"（1993：40）这种欣赏方式要求艺术品只能被一个人或少数人所欣赏。他举例说到，在中世纪到18世纪期间，教堂或宫廷中存在的对绘画的群体接受是通过多次传递完成的。就像人们在夏日午后静静凝望远山或树枝而发现其中的光韵一样，传统艺术品中的韵味也必须通过聚精会神、凝神专注的方式才能感受得到。在沉思冥想中，欣赏者构想了艺术作品的历史内涵，进而感受到笼罩其上的神性光辉，在虔诚而敬畏的心情中达到与艺术品融为一体的境界。

（二）对现代工业社会中艺术变革的考察——从传统艺术到机械复制艺术

本雅明敏锐地意识到了现代工业社会中艺术领域发生的变革。他指出，随着机械技术的进步，传统艺术失去了生存的土壤，传统艺术品的韵味衰竭，逐渐被机械复制艺术所取代。

首先，在现代工业社会中艺术品原作的原真性概念不复存在。相较于传统的对原作的手工复制，机械复制则是对可复制艺术品的复制。例如，用一张底片复制出大量的相片。在这种情况中人们无法判断究竟哪张照片才是真品，这样的判断也没有任何意义。因此，机械复制首先打破了传统艺术中原作的独一无二性，复制品获得了与原作同等的价值和地位。通过大量复制，人人都可以有占据艺术品的相似物，从而削弱了艺术品的神秘性和距离感。

其次，现代艺术抛弃了艺术品的永恒价值，艺术创作成了一个装配过程。本雅明以电影为例论述了现代艺术的这一特征。电影可以通过多次拍摄来获得一个令人满意的镜头,在诸多拍摄片段中也可以通过剪辑来达成更好的效果。尽管这种创作方式并非希腊艺术所推崇的永恒价值,却是机械技术发展的产物。本雅明在将电影与雕塑艺术对比之后写道:"在艺术的可装配时代,雕塑艺术的衰亡是不言而喻的。"(1993:17)从雕塑艺术品的命运中我们也可以预见工业时代的传统艺术走向。

再次,技术复制品相较于传统的手工复制品有许多优势。和手工复制相比,技术复制品更独立于原作。例如在用照相机拍摄一幅传统绘画作品时,可以多角度、多焦距地进行拍摄,有选择地突出画作的某一部分,而且镜头可以捕捉到人类肉眼无法看到的细节,还可以采用多种媒体方式来重新呈现传统艺术作品。相较于手工复制对复制品和原作相似度的追求,技术复制不仅可以达到更精确的相似度,也赋予了复制品内涵。而且,用本雅明的话来说:"技术复制能把原作的摹本带到原作本身无法达到的境界。"(1993:7)对艺术作品的复制古已有之,如通过木刻术、镌刻术、石印术等对版画进行复制,活字印刷术也算是一种艺术复制行为。这些复制活动可以带来盈利,也可以促进艺术作品的传播和文化的发展。在现代社会,通过技术手段复制教堂弥撒曲,人们可以在各自的生活环境中随时欣赏;以照片的形式记录某些珍贵的艺术品,那么学者们就可以更方便地展开研究。技术复制的优势在于,"正如它使复制品能为接受者在其自身的环境中去加以欣赏,因而它就赋予了它所复制的对象以现实的活力"(本雅明,1993:7)。

从本雅明的论述中我们可以看出,艺术品韵味的衰竭所带来的并不只是消极意义。尽管传统艺术在现代社会中不免走向消亡,但这样的变化是符合当时的社会条件的,并且技术复制品在某种程度上也有利于原作保持其生命力。

艺术的变迁还体现在艺术品的展示价值逐渐取代膜拜价值。随着复制技术的发展,艺术的根基由礼仪转移到了政治。宗教神学所要求的艺术品的神秘性和距离感被大量复制技术打破,艺术品走进了人们的日常生活,膜拜价值降低而展示价值增加。现代社会的政治实践更加要求艺术品增强展示功能。以电影为例，这一方面是经济因素导致的。制作一部影片需要大量的资金投入，个人根本无法负担，这就使得电影不得不通过机械复制进行大量发行。出于盈利的需要，必须增加展示机会。如果联系当时的经济环境来考察的话，这一经济因素还有另外一重含义。1929—1933 年的经济大危机促进了有声电影的发展，加速了垄断资本和电影资本的结合。同时通过动员大众观影缓解了经济危机造成的法西斯主义的盛行。另一方面是政治因素所导致的。法西斯主义者同样支持电影的发行。这是因为电影由于语言限制在跨文化传播中受到的阻碍可以被它们用来煽动大众的民族情绪。

机械复制时代的艺术品的展示价值对膜拜价值的替代并不是一蹴而就的。在早期的人像摄影中，艺术品仍保有膜拜价值。正如本雅明在童年卡夫卡的照片中看到了光韵一般，早期照片中的韵味正是通过人像的瞬间表情传达出来的。而这瞬间表情便构成了特定时空中人与自然互动产生的不可复制的独一无二的存在。随着光韵和人像在相片中的消失，艺术品的展示价值就超越了膜拜价值。

在现代工业社会中，大众对艺术品的接受方式也从凝神专注的接受走向消遣式的接受。本雅明将现代社会大众面对艺术品的态度定义为："进行消遣的大众则超然于艺术品而沉浸在自我中，它们对艺术品一会儿随便冲击，一会儿洪流般地蜂拥而上。"（1993：40）这种接受方式并不是现代社会所独有的，人们对于建筑物的接受一直以来就是一种消遣式的接受。建筑物与人们的居住需求紧密相连，相较于其他艺术形式，建筑物与人之间存在一种更为亲近和熟悉的关系。因此，人对于建筑物的接受并非虔诚的顶礼膜拜，而是在"熟悉闲散的触觉"和"轻松的顺带性欣赏"中完成的（1993：40）。

造成现代人对艺术品接受态度变化的原因一方面是由于韵味的衰竭，艺术从高高在上的人们膜拜的对象变为人们日常生活的陪伴物，因而艺术与人之间的距离大大拉近。另一方面则是因为现代艺术品的特性促使人们在欣赏时采用消遣的态度。以电影为例，银幕的画面处于不断变化之中，人们无暇停下视觉的脚步对其中某一画面进行深入思索。否则，人们就会错过电影的情节，影响观影的效果。

（三）电影作为机械复制时代的艺术品

该书的书名"机械复制时代的艺术作品"中的艺术作品指的就是电影。本雅明生活的年代刚好经历了一个电影从产生到发展到黄金时代的历程。1895 年，法国卢米埃尔兄弟播放《卢米埃尔工厂的大门》，标志着无声电影的诞生。随着技术的发展，20 世纪初有声电影出现。20 世纪 30 年代，由于经济危机的刺激电影资本加速运作，美国好莱坞拍摄出了一系列大片，电影院成了大众摆脱现实苦恼寻求消遣之地，在这样的背景下电影发展进入黄金时期。本雅明十分关注电影这一艺术形式，对电影进行了大量论述。本节将从电影的特征和意义两方面来研究本雅明对电影的考察。

作为现代工业社会中诞生的新兴艺术形式，电影与传统艺术相比最大的特征就在于其是没有韵味的艺术。本雅明主要从电影摄影师和电影演员两个角度论述了电影中韵味的消失。摄影师是电影制作中不可分割的重要组成部分。在该书中，本雅明将摄影师和画家做了一番对比。他将摄影师比作外科手术医生，而画家则更像巫医。两者之间的差别在于外科手术医生借助仪器设备深入病人身体内部进行治疗，而巫医由于所代表的超自然力量的神秘性和权威性而与病人之间存在距离。在艺术创作中，画家与他的对象之间保持着天然距离，他创作的艺术品对对象的反映是整体性的。而摄影师对电影的拍摄则是深入对象内部来完成的。一方面，电影情节的拍摄被分为若干片段，一部电影最终的呈现建立在对片段的手工剪辑基础上。另一方面，摄影师也可以通过技术手段从不同的角度来凸显现实世界。如通过特写镜头展示生活中某些不易为人发现的细节或通过慢镜头使人深入观察人们的运动等。相较于画家，摄影师的艺术创作是通过机械手段完成的，这反映了电影艺术中的机械特点。电影演员是电影制作中的另一个重要组成部分。与戏剧舞台演员相比，电影演员在表演过程中呈现出许多不同的特点。从这些特点中电影的特征可见一斑。

首先，在本雅明看来，电影演员的表演不能算作一件艺术品，顶多只是一种艺术成就。这种论断是出于电影演员表演的可检测性。在戏剧中，舞台演员的表演直接面向观众，而电影演员则是面对机械进行表演，导演等专业人员可直接对电影演员的表演进行干预，提出意见，这就是所谓的可检测性，也是电影的一个重要特征。如同前文所论述，机械复制时代的艺术抛弃了古希腊艺术中的永恒价值，创作过程中的可修正性日益凸显。本雅明举例说到，一个求救的呼喊声就可以被拍成多个版本，然后剪辑师如同产品检验员一般从中做出选择。在传统表演过程中，舞台演员往往必须进入角色，完成一个连贯统一的表演；而电影演员的表演是由诸多片段构成的。除去需要考虑场地租金、人员分工等因素来安排情节的拍摄顺序，某一个情节也可能被拆成若干更小的片段来进行拍摄。在此本雅明又给出了一些例子来说明这一特点：电影中呈现的一系列快速运动过程在摄影棚中可能要花费数小时之久来进行拍摄。跳出窗口的画面可以在摄影棚中借助脚手架完成，而过后的逃跑镜头可能会被安排到几周之后在外景中了。只需通过手工蒙太奇剪辑，这一系列片段就可以组成一段连续的画面。并且电影艺术中始终含有商业的因素，是面向市场服务的。"电影演员不仅用他的劳动力，而且还用他的肌肤毛发、用他的心灵和肾脏进入市场中。"（本雅明，1993：23）在电影院中观众观影的视角与摄影机的镜头角度别无二致。因此，当电影演员站在摄影机前表演时，他们就处在了和观众的联系中。然而不同于舞台演员可以直接面对观众从而根据观众的反应调整表演，电影演员在表演中无法把握市场。相较于舞台演员每次演出的独特性而言，电影一经发行就无法修改，他的每一次播出都是跟之前完全相同的。这一点也是电影作为机械复制时代的艺术品与传统艺术之间的一大差别。

本雅明在看到了电影艺术的新特点的同时也关注到了电影所具有的独特功能和意义。

首先，电影具有疗愈的功能。20世纪上半叶是一段动荡不安的岁月。技术化、第一次世界大战以及20年代末开始的经济大危机使得现代人的精神状态处于一种痛苦和焦灼之中。在这样的情况下，电影院成为人们常光顾之地，电影营造出的如梦如幻的气氛可以让人们短暂地忘却现实生活中的苦恼而获得消遣。电影画面的变换在带来视觉体验的同时，也如子弹一般冲击着观众，从而达到一种惊颤效果，满足了现代人寻求刺激的心理。此外，本雅明在精神分析本能无意识的基础上提出了视觉无意识概念。这一概念是从摄像机通过技术手段展现出来的不同寻常的现实世界发现的。精神变态者所感知到的世界也许正是荒诞电影里的扭曲现实。古怪的画面在引得观众放声大笑的同时，也成了他们精神压力的宣泄口，从而治愈了现代人的心理问题。

其次，电影具有政治功能。机械复制技术的发展导致了民主展示和选择方式的变化。与在议会中进行辩论相比，电影扩大了政治家演说的受众和影响力，从政人员如同电影演员一般移到了摄像机镜头前接受公众的检测。于是一种新的、在机械前选择的民主方式出现了。本雅明还看到了电影具有另一重政治意义："电影资本把大众这种主宰性的革命可能性转变成了反革命的可能性。"（1993：24）电影在促进政治民主改革的同时，其所带有的"明星崇拜"和"名流的魅力"也会使得大众沉浸于资本主义的腐朽气息中。此外，他还意识到法西斯主义在煽动大众进行战争的过程中对电影技术的运用，因此提出了没收电影资本应该成为无产阶级的一项任务。

最后，电影还促进了大众文化的发展。这一方面表现为电影具有巨大的受众群体，另一方面在于技术进步推动了大众从事艺术创作。这种情况首先出现在新闻出版业中。在报纸上的"读者信箱"专栏里，大众可以就自己内行的领域发表评论见解，这样读者就成了作者，文学也逐渐走向大众。走向舞台对大众来说也具有巨大的吸引力。上文提到的"明星崇拜"更增加了人们对从影的渴望。本雅明指出，"每个现代人都具有被拍成电影的要求"（1993：28）。机械技术的进步为人们实现这种愿望提供了可能。因为相较于戏剧艺术，电影对于演员有着更大的需求。此外，诸如新闻短片等的拍摄也为人们走进电影增加了机会。

三、结语

在《机械复制时代的艺术作品》一书中，本雅明考察了现代工业社会中艺术品在生产方式、存在方式和接受方式方面发生的变化。他提出韵味概念，指出由于可复制技术的发展导致艺术中的韵味走向衰竭，原作的原真性不再重要，展示价值取代了膜拜价值，艺术品逐渐走进人们的日常生活，从凝神专注的对象变成人们的消遣对象。对于机械复制艺术即电影，本雅明表达了充分的肯定。在他看来，电影是符合当代社会特征和现代人心理的艺术形式。"电影就是与突出的生命风险相对应的艺术形式，当代人就生活在这种生命风险之中。（本雅明，1993：39）"电影院中的放声大笑有助于集体情绪压力的宣泄，"构成大众精神错乱的这种技术化通过这样一些电影就获得了心理接种的可能"（本雅明，1993：36）。并且电影由于其镜头的优势，比起其他艺术形式，可以更容易地反映大众生活，促进了大众文化的发展。本雅明的这种考察无疑是具有进步意义的。照相和电影在诞生之初，人们对其艺术价值争论不休。然而经过历史的发展，大众还是接受了这两种新的艺术形式。当下各种电影展、摄影展以及博物馆中陈列着的照片和放映着的短片就有力地证明了这一点。此外，当前的技术与艺术的结合更为紧密。多媒体技术不仅可以为人们进行艺术创作提供便利，还可以刺激各种新的艺术形式诞生，更重要的是，他们在保护传统艺术和扩大艺术影响力方面的作用不容小觑。凭借各种技术设备，艺术更加深入人们的生活当中，大众文化蓬勃发展。

在认识到本雅明的机械复制艺术理论在总体上是具有积极和进步意义的同时，也不能忽视这一理论存在的片面性。许多学者，如阿多诺，也批评他的理论中存在着技术主义倾向以及对机械复制艺术的盲目肯定。的确，对于技术的肯定见诸该书的许多论述，如：本雅明认为技术复制"赋予了所复制的对象以现实的活力"（1993：7），"艺术作品的可机械复制性在世界历史上第一次把艺术品从它对礼仪的寄生中解放了出来"（1993：12），"艺术作品的机械复制性改变了大众对艺术的关系"（1993：33），等等。但在笔者看来，本雅明对技术的赞颂并非一味盲目推崇。正如朱国华在《别一种理论旅行的故事——本雅明机械复制艺术理论的中国再生产》中提到的那样，这本书的灵魂在于其政治维度（对比朱国华，2010）。技术之所以被肯定正在于本雅明看到了技术背后可能带有的政治功能。他认为，电影有着唤醒大众阶级意识的可能性，通过镜头的复现从而完成自我和阶级认识。因此他热情讴歌苏联关于劳动群众的电影实践并提出电影应该为无产阶级所用的主张。在此，我们可以说本雅明将救赎的希望寄托在技术身上。这一点在当下仍十分重要。当抖音、快手等 App 走进千家万户、人人都可以成为自己拍摄的微电影的主角时，重读本雅明的理论或许可以为新时代大众文化的发展以及技术与艺术的融合发展带来新的启发。

参考文献

［1］汉娜·阿伦特. 启迪：本雅明文选 ［M］. 张旭东，王斑，译. 北京：三联书店，2012.

［2］里查德·沃林. 艺术与机械复制：阿多尔诺和本雅明的论争 ［J］. 李瑞华，译. 国外社会科学，1998（2）：57 - 60.

［3］瓦尔特·本雅明. 机械复制时代的艺术作品 ［M］. 王才勇，译. 杭州：浙江摄影出版社，1993.

［4］瓦尔特·本雅明. 摄影小史、机械复制时代的艺术作品 ［M］. 王才勇，译. 南京：江苏人民出版社，2006.

［5］沃尔夫拉姆·艾伦伯格. 魔术师时代——哲学的黄金十年 1919—1929 ［M］. 林灵娜，译. 上海：上海文艺出版社，2019.

［6］西奥多·阿多诺. 论音乐的拜物教特征和倾听的退化 ［G］. 方德生，译//张一兵. 社会批评理论纪事（第六辑）. 南京：江苏人民出版社，2015.

［7］杨凡. 阿本之争：艺术的整合与颠覆 ［J］. 阴山学刊，2020（2）：68 - 71.

［8］朱国华. 别一种理论旅行的故事——本雅明机械复制艺术理论的中国再生产 ［J］. 文艺研究，2010（11）：36 - 46.

［9］朱立元. 当代西方文艺理论 ［G］. 上海：华东师范大学出版社，2019.

［10］朱宁嘉. 艺术与救赎——本雅明艺术理论研究 ［M］. 上海：上海人民出版社，2009.

［11］周颖.《机械复制时代的艺术作品》导读 ［M］. 天津：天津人民出版社，2010.

困境与超越

——论哈贝马斯的后民族结构理论

滕旻缘*

内容提要：哈贝马斯是德国当代最具影响力的哲学家和社会学家之一，他将哲学理念和社会学、政治学、法学相结合，形成了自己完整而独特的思想体系。哈贝马斯对国际政治极为关注，在国家和全球领域视野下展开研究。在从历史民族观的角度审视民族国家后，哈贝马斯对民族主义、民主制度进行反思和批判，揭示民族国家所面临的困境，并提出后民族结构作为超越民族国家的解决方案。

关键词：民族国家；全球化；后民族结构；宪法爱国主义；全球治理

Titel：Dilemma and Transcendence：A Study of Habermas's Theory of Post-National Structure

Abstract：Jürgen Habermas is one of the most influential contemporary German philosophers and sociologists Combining philosophical ideas with sociology, political science and jurisprudence, he has formed his own complete and unique ideological system. Habermas pays great attention to international politics and conducts research from the national as well as global perspective. After examining the nation-state from the historical perspective, Habermas reflects and criticizes the Nationalism and democratic systems, reveals the

---

*　滕旻缘　上海交通大学外国语学院。

dilemma faced by nation-state, and proposes the post-national structure as a solution to transcend nation-state.

Key words: nation-state, globalization, post-national structure, constitutional patriotism, global governance

尤尔根·哈贝马斯是德国当代著名的哲学家、理论学家和社会学家，被誉为"西方学界的领军人物"和"法兰克福学派第二代领袖"。哈贝马斯的研究领域覆盖面广，涵盖哲学、社会学、语言学、政治学和法理论等多个方面，构成了相互联系的庞大理论体系。

后民族结构是哈贝马斯国际政治理念的体现，是在回顾历史、批判现实的基础上提出的，在国际政治领域引起了强烈的反响。本文的研究重点是回顾、归纳哈贝马斯对于民族国家的认识及其批判思想。本文将首先从历史的角度出发，将民族国家置于国家形态演变的进程中，回顾现代意义上民族的诞生和发展，阐述民族国家的政治和文化属性。第二节将结合历史和现实实际，指出民族国家内、外两方面所面临的困境。本文的第三节将详细总结哈贝马斯的后民族结构观念及其理论基础，阐述如何对民族国家进行改革，形成超越国家界限的全球化视野。最后还将分析后民族结构理论所存在的局限性，总结反对者的质疑和批判态度。

一、民族国家的内涵

人类社会在不断探索的过程中创造了国家这一政治形式，实现了权力的集中和有效的社会管理。国家形态自出现以来就一直处于不断发展、变化的过程当中。当今世界，大部分国家都以民族国家的形式存在，民族国家是现如今世界体系中最基本的政治单位，"是唯一得到国际承认的政治组织结构"（史密斯，2002：122）。

由于民族国家是国家历史演进过程中的一种国家形态，所以必须将其置于历史的视角下进行考察和分析。哈贝马斯后民族结构理论的提出也是先从历史民族观的角度出发，对民族国家这一概念和政治结构进行回顾、批判和扬弃。

（一）民族国家的形成

民族和国家并非同时产生的，黑格尔就曾指出："民族不是为了产生国家而存在的，民族是由国家创造的。"（王辑思，1993：10）霍布斯鲍姆也曾表达过同样的观点："民族原本就是人类历史上相当晚近的现象，而且还是源于特定地域及时空环境下的历史产物。"（霍布斯鲍姆，2000：5）哈贝马斯指出，国家和民族直到18世纪晚期才融合在一起，形成了民族国家这一政治形态。

国家在现代意义的"民族"概念出现之前很久就已经存在了。在西欧大陆上，古希腊时期小国寡民的城邦国家是最早的国家形态。在城邦制度日渐衰微后，取而代之的是强大的罗马帝国。而由于罗马帝国不断地对外扩张，外族的入侵使得原有的传统文化遭到破坏。在罗马帝国灭亡之后，欧洲则被无数大大小小的封建邦国分裂割据。虽然政治上处于分裂的局面，但是这些邦国又受到统一的权威——罗马教皇的领导。统一的宗教思想和价值观在中世纪的欧洲形成了基督教普世世界。而当时的人们受到盛行的地方主义的影响，效忠领主和城市，并没有产生民族的概念。

在宗教的力量崩塌之后，在不断发展的资本主义经济的推动下，王朝国家逐渐取代了基督教世界，获得了国家的主权，实现了国家的独立，开始了构建现代民族的过程。"作为若干成员组成的人群共同体，民族的存在和发展离不开一定的整合力量，只有通过必要的整合，民族才能成为稳定的人群共同体。"（周平，2007：237）由于王朝国家具有强大且集中的国家权力，拥有对国家的最高统治权，统治范围内的人们在政治层面被紧密联系到了一起。而统一的市场、经济则构成了强大的经济整合力量。在文化方面，王朝国家逐步形成了统一的语言和文化，并由以知识分子为核心的文化力量进行传播。当时的人文主义作家不再继续用拉丁文进行写作，而是开始以本民族的语言为载体，对人性进行赞美，对本国文化进行宣扬。比如，在16世纪的宗教改革运动中，改革者们视《圣经》为唯一信仰，使其取代了罗马教皇的权威统治。他们致力于对《圣经》原文进行研究和解读，将其翻译成本民族的语言，并呼吁民众用民族语言来举行宗教仪式。马丁·路德将《圣经》译成德文，《圣经》中的人文主义思想得以在德意志实现广泛传播，这使得一个分裂状态严重的国家在语言层面得到了统一，极大发展了民族语言文化。通过政治、经济、文化三方面的整合，原本关系松散的国内居民组成了新的民族共同体，形成了现代意义上的民族。

由于王朝国家只代表了封建贵族的利益，但是新形成的国家民族中却包含着强大的社会力量，代表着全体人民的利益，所以民族不可避免地会和国家产生冲突。而只有当民族和国家范围、步调一致的时候，这个矛盾才能得到化解，民族才能完全认同国家。到了18世纪晚期，精英知识分子推动民族意识进一步转变、发展，由之前的"贵族民族"转向"人民民族"。民族意识不断增强，得到广泛传播，并被广大人民所接纳，"凝聚成为民族历史上广泛传播的'想象共同体'，而这种'想象共同体'成为新民族集体认同的核心"（哈贝马斯，2018：160）。至此，民族最终取得了国家的形式，将国家视为其获得利益的政治表现形式，形成了现代意义上的民族国家。

正如莱斯利·里普森说的："国家在努力地构建民族，民族亦在努力地整合国家"（里普森，2001：290）。由此可见，历史演变过程中民族国家的形成主要有两个环节。首先，王朝国家塑造了现代意义上的民族，构建了新的民族共同体。然后，新产生的民族反作用于国家，改造了国家，使得民族和国家得到统一，民族最终认同国家。民族国家这一政治形态在西欧形成以后，逐渐传播到全世界，成为现如今最普遍的国家形态。

（二）民族国家的政治和文化内涵

从国家形态演变的历史进程中可以看出，民族国家具有三个特性。

首先，民族国家是独立的主权国家，拥有对本国的绝对领导权和治理权，受到其他国家的尊重和认可。这是民族国家的前提条件，是区别于基督教国家的基本特征。没有主权就没有办法对国内居民进行有效的整合，从而形成新的民族共同体。

其次，民族国家最根本，也是最重要的特征就是其民族性。传统意义上的民族强调的是其文化属性，即血缘、起源相同的共同体，指的是居住在一定范围中同宗同族的人们，拥有共同的语言、文化，具有非世俗性的超验力量。但是哈贝马斯强调，在研究现代意义上"民族"这一概念的时候，更重要的则应该聚焦其政治属性。民族不是天然存在的，是人为构建、塑造的"想象共同体"。民族将国家范围内原本联系松散的人们紧密黏合在一起，凝聚成新的政治共同体，"民族的自我理解形成了文化语境，过去的臣民在这个语境下会变成政治意义上的积极公民，民族归属感促使以往彼此生疏的人们团结一致"（哈贝马斯，2018：161）。在资产阶级和知识分子的推动下，民族成了反抗王权、抗衡封建等级制度、使得公民获得平等权利的工具和武器，并最终取得了国家的形式。所以，现代意义上的民族首先是由平等的公民所构建的自由、平等的政治、法律共同体，追求的是民主、法治以及公民的权利。

与此同时，现代民族仍然具有强大的文化属性。在国家得以实行统治的宗教基础———统的基督教崩溃之后，国家重新为自己的统治权找到了一条合法化的途径——民族主义。哈贝马斯这样总结道："一个'民族'可以从他们共同的出生、语言和历史当中找到其自身的特征，这就是'民族精神'；而一个民族的文化符号体系建立了一种多少带有想象特点的同一性，并由此而让居住在一定国土范围内的民众意识到他们的共同属性，尽管这种属性一直都是抽象的、只有通过法律才能传达出来，但是，正是一个民族的符号结构使现代国家成了民族国家。而'民族意识'则为用现代法律形式建立起来的平面国家提供了文化基础，这就是一种公民的团结关系"（哈贝马斯，2019：81）。由于国家这一政治形式及其含义过于抽象，公民、人民民主以及人权这些抽象的概念并不能有效地将原本关系松散的国内居民整合成新的政治共同体，使其获得归属感，而民族的自然性和超验性则刚好弥补了这个不足。现代意义上的民族凭借共同的"起源"使得法律、政治的实施有了合理的依托，从而使得国家合法化。民族主义、民族精神以及民族意识的产生和成熟激发了人民的爱国热情和情怀，使团结一致成为可能，为民族国家奠定了文化基础。也正是因为民族这一概念所固有的文化内涵和超验力量，民族国家这一国家形式自产生以来，便在全球得到广泛传播和接纳。

最后，民族国家具有人民性。只有当国家代表全体人民的利益，而非仅仅代表贵族阶级的价值取向时，民族和国家才能相互协调。所以，国家最终成了维护整个民族利益的手段和工具，民族取得了国家的形式，形成民族认同和国家认同相统一的结果。只有这样，自由、平等的公民权才能在民主法治国家中得到发挥。

二、民族国家的困境

民族国家并非国家产生之初就具有的政治形态，而只是在国家历史演变过程中的一种国家形态，也是当今社会大部分国家所具有的国家形态。但是民族国家绝非国家形态演变的终点，国家仍然处于不断的变化和发展中，各种新的政治形式也在不断崭露头角，民族国家这一传统的国家形态也遭遇了冲击和挑战。

民族国家所面临的困境一部分是由于其本身固有的性质所不可避免的矛盾，另一部分是由于外部环境的改变，特别是全球化这一进程所带来的冲击。

（一）民族国家自身结构性问题

在哈贝马斯看来，民族国家包含着政治和文化的双重属性，这两种属性内在便存在矛盾和摩擦。从政治角度来看，民族是由平等的公民依靠自身的力量所组成的政治、法律共同体，追求的是自由、平等的人权，是民族国家合法化的基础。这种政治共同体代表的是全体人民的共同利益，旨在推进社会一体化的发展，维护平等和普遍的法律秩序。而从文化角度来看，民族强调同宗同源，是由相同的血缘、语言和文化所构建的历史命运共同体，具有自然属性。处于历史共同体中的人们更多地则是强调本民族、本文化的身份，区分自己与他人，关注不同文化和不同民族之间的差异性（哈贝马斯，2018：165）。

由此可见，在民族和国家之间，存在着普遍主义与特殊主义、民族主义和共和主义之间的紧张和矛盾。在回顾了 20 世纪以来的灾难及其特征后，哈贝马斯强调了民族主义的消极性和危害性。过分宣扬民族精神和民族文化，往往会忽视公民的法律和政治地位，导致暴力和冲突事件的产生。

崇尚民族主义会使人们在面对不同民族和文化的时候，只考虑本民族的利益，强调、夸张本民族的文化特性，以自己民族的文化为尊。为了保证本民族文化的纯洁性，往往还会避免和外来文化相互交流，贬低其他民族的价值，排斥少数民族和宗教少数派。这就和自由主义、平等主义的追求背道而驰。最典型的例子是欧洲历史上对犹太人的排斥和迫害。

其次，民族主义还会被一些别有用心、另有他图的政治精英所利用，走向极端化。精英阶级盗用、偷换民族主义的概念，对民族文化进行过度加工、渲染和神化，以此来唤醒人们强烈的民族意识和爱国情怀，增强集体认同感。正如第二次世界大战中，德国政治精英借用民族的名义，以追求民族自由为假托，发动侵略战争、实行种族屠杀、扩张帝国版图。民族最终变成精英分子实现其个人野心的工具。

除此之外，民族主义还可能导致民族分离运动的产生。在一个多民族的国家内部，某些少数民族的习俗、语言、文化等可能和主体的民族不相适应、融合。而高涨的民族意识使得国家内的民族矛盾不断激化，一些民族要求获得完全独立、自决的政治地位，民族分裂运动日渐加强，这在冷战后的国际政治中有突出的表现。

由此可见，民族国家不能仅仅依靠自然的历史共同体这种非理性的超验力量来实现国家的一体化。而民族国家这一概念中所固有的政治属性和文化属性的共生关系、共和主义和民族主义的矛盾关系则会对民族国家的发展造成深远的影响。

（二）全球化对民族国家的影响

除了民族国家本身所蕴含的结构性问题之外，民族国家还受到外部全球化的冲击。全球化进程表明"交往关系和交换关系超越了国家的界限，变得更加紧密"（哈贝马斯，2019：82）。哈贝马斯认为全球化将最终解构民族国家，因为民族国家仅仅着眼于一定的区域范围，而"全球化"一词表达的则是一种不断挑战已有边界的动态趋势。全球化这一不可遏制的发展趋势推动世界经济、政治制度产生变革，使得"一个不断不对称地陷入由世界经济和世界社会组成的相互依存关系中的国家会在主权、行动能力和民主实质方面遭到损害"（哈贝马斯，2002：108-109）。全球化对民族国家的冲击集中体现在以下三个方面。

第一，全球化使得民族国家对外失去权力。民族国家的政策往往只能在其主权领土范围内得以实施，但在全球化的影响下，国家之间的界限松动了，社会间的相互依赖性越来越强，很多问题仅凭单一的民族国家的力量是没有办法得到解决的。如环境问题，跨国的犯罪活动、武器交易等带来的都是全球性的风险，这些难题在单独一个国家的范围内没有办法得到遏制，意味着民族国家对外丧失了一部分的政治控制力。

民族国家往往会为了捍卫本国的权力、追求最大化的利益而做出合理的决策，但"在相互依附的世界社会上，参与人和当事人之间越来越缺乏一致的地方"（哈贝马斯，2019：87）。也就是说，一个国家需要被迫接受其他国家的决策所带来的后果，而且不能参与到这个决策的制定过程中。比如一个国家会为了自身安全，在边界上布置反核武器，但这一决定会对周边国家造成影响和威胁，损害周边国家的主权。

在影响人类发展的全球性问题面前，在关系日益紧密的国际世界面前，民族国家需要相互协商、共同治理。因此，民族国家转让一部分权力，行为能力由此从国家层面转至国际层面，诞生了国际经济网络、多边磋商机制以及各种非政府组织。超越民族国家层面的治理方式使得主权国家内政和外交之间的界限变得模糊，民族国家对外主权丧失。哈贝马斯强调："如果国家主权不再被看作是不可分割的，而是与国际机构共享；如果国家不再能够控制它们自己的领土；还有，如果领土的界限和政治界限日益松动，那么，自由民主的核心原则——自治、集会、共识、代议和公众主权——显然就会成为问题。"（哈贝马斯，2019：77）

第二，全球化导致民族国家对内控制能力的减弱。现今有相当一部分的社会产值掌握在民族国家的手中，用以促进生产、刺激经济增长，并完成资源的再分配。但是在全球化浪潮的冲击下，民族政府渐渐失去了影响、控制整个经济运行的能力。跨国自由主义不断发展，世界市场的自由化和全球化使得资本流动加速，国家越来越难以对利润和货币进行干预。为了在世界市场中具有竞争力，在和跨国公司以及其他国家的竞争中占据上风，现代民族国家被迫参与了生产调整的竞赛，通过降低成本规避资本外流的危险，最终导致了国家税收的萎缩，给国家财政带来了巨大的压力。因此，哈贝马斯总结到："市场对政治的压制表现为，民族国家越来越无法汲取税收、刺激增长并以此来捍卫其主要的合法性基础"（哈贝马斯，2019：95）。

在经济全球化的影响下，全球范围内的竞争最终转化成愈演愈烈的本地竞争，企业为了获得更多的利润、占据更多的市场份额，必须改进生产技术、优化劳动生产过程、提高生产率。然而技术的改进、成本的降低却造成了大面积解雇劳动力的情况，国家内部失业率逐渐攀升，贫困人群日益增加，收入两极分化不断加剧，社会保障体系因此达到极限。由此可见，经济全球化使得民族国家对内丧失控制能力，不仅不能刺激经济增长，在造成沉重财政负担的同时，还使得社会福利政策难以推行。

第三，全球化还给民族国家的集体认同带来阻碍。一方面，全球化破坏了国家的民主合法性。哈贝马斯指出，全球化背景下的跨国治理存在着"民主赤字"，因为民族国家的决策权力一部分被转移到多边协商机构和组织中去。而跨国治理的基础仅仅是集体行为者，即现代国家之间的磋商和协定，并不具备使得一个公民社会合法化的政治力量。与此同时，国家之间对某一问题达成共识也并非基于自由、平等的民主，更多地是取决于民族国家的力量和实力，比如联合国的条约法规很大程度上反映了大国的利益偏好和价值取向。同时，本国公民在涉及国际问题的时候，也往往丧失了参与和决策权。所以，全球化使得"广泛政治参与的前提遭到破坏，民主决策虽然在形式上是正确的，但是失去了可信性"（哈贝马斯，2019：96）。

另一方面，全球化还动摇了民族国家范围内公民团结的文化基础。本国居民拥有共同的文化和相同的起源，对本民族天然有着强烈的认同感。但在全球化的进程中，移民浪潮愈演愈烈，外来的语言、宗教、文化等不断和本土的主流文化产生碰撞，极大程度改变了现有的文化结构，民族文化因此呈现出多样性和多元化的发展趋势。在全球化面前，民族国家正面临着一项艰巨的任务：用共同的政治文化来取代主流的民族文化，将所有的公民重新整合成一个新的政治共同体，并且增强其凝聚力和自我认同感。

三、后民族结构理论

哈贝马斯认为，民族国家的成就是"在一个新的合法化形态基础上，提供了一种更加抽象的新的一体化形式"（哈贝马斯，2018：161）。但民族国家作为国家形态演变过程中的一环，绝不是发展的终点。全球化使得世界政治格局发生了剧烈的变化，对现代国家具有强烈的冲击，民族国家这一成熟的国家形态也必将走向终结。世界也将超越当今民族国家的格局，形成后民族国家社会。

哈贝马斯将"宪法爱国主义"作为解决民族国家问题的理论方案，并从民族国家内部、区域一体化以及全球领域三个层次详细阐述了如何超越目前的困境，实现后民族结构。

（一）宪法爱国主义

18世纪以来，国家范围内的公民被整合成一个新的"想象共同体"，也就是现代意义上的民族。民族形成了自我理解的文化语境，并最终取得了国家的形式，和国家融为一体。所以，民族国家自产生以来便存在着政治和文化的双重属性。一方面是由自由、平等的公民权利所构建的政治共同体，另一方面是由文化民族的归属感构建的历史共同体。而在民族国家的这种共和主义和民族主义之间存在着悖论和危险。

回溯历史，不难发现民族主义所带来的消极意义。如果仅仅依靠自然主义的民族精神与民族意识，人们往往会由于相同的起源和文化认同，一味维护民族文化的特殊性，消极地区分本民族和其他民族，忽略平等、民主和法治，带来冲突和矛盾。所以，哈贝马斯强调了公民平等的政治和法律地位对民族国家的重要性："民族国家只有在确定了公民之后，才能建立一种全新的，即抽象的团结，其中介是法律。"（哈贝马斯，2019：160）并以此为基础，提出了超越民族主义的"宪法爱国主义"作为解决困境的方案。

宪法爱国主义将"由公民组成的民族一体化的力量还原为独立于公民的政治意见和意识之外的东西"（王昌树，2009：88），即否定种族意义上的民族概念，解构了共和主义与民族主义的共生关系。宪法爱国主义认为，自然的、同宗同源的民族意识忽视了民主法治国家的合法性，对国家的整合、发展造成限制。因此，宪法爱国主义将非自然主义的民主概念和共和主义结合在一起，赋予共和主义以主导地位，使得民主法治国家的普遍主义能够传播渗透到社会一体化的各个进程中。

宪法一方面是对公民民主共和制度的维护和反映。国家通过宪法这一社会契约确定了公民平等的政治和法律地位，给予了公民自由、自决的权利。同时，宪法也体现了一种与民主制度相符合的民主政治文化。它代表了公民共同的价值取向，使得公民凝聚团结在一起，并要求公民热爱国家、对国家忠诚、为国奉献、维护宪法。政治共同体中的公民不再将自然的民族认同放在首位，而是搁置不同的民族、文化身份，形成宪法意义上的爱国主义，即一种具有政治属性的归属感。

然而，哈贝马斯也指出，倘若完全忽视民族文化的独特性和传承性，只依靠抽象的共和精神，国家的发展也会裹足不前，甚至分崩离析，因为虚幻的共和精神和民主理念并没有文化的依托和支持。所以，哈贝马斯总结道："如果公民的法律地位与其民族文化的归属感联结在一起的话，民族国家就能很好地履行其一体化的使命。"（哈贝马斯，2018：167）

（二）超越民族国家

在宪法爱国主义这一理论依据的引导下，哈贝马斯还详细阐述了应该从哪些层面、哪些社会具体方面来化解民族国家的困境。他认为，超越民族国家首先应该从民族国家内部进行改革，构建区域内的政治——经济一体化，即在欧洲范围内建立一个"欧洲民族国家"，这是迈出全球性治理的第一步。而后民族国家社会的最终归宿，则是发展成为"世界大同"的世界公民社会。

1. 民族国家内部改革

全球化不断冲击着现有的民族国家形态，迫使民族国家内部做出发展和改变。对此，哈贝马斯认为："民族的集体认同在全球化的语境下最终要实现向具有包容性的多元主义转换。"（哈贝马斯，2019：89）"多元"和"包容"是哈贝马斯思想的关键。

"多元"是指后民族国家社会中存在着多元的文化差异，和以往同宗同源的单一民族国家相距甚远。全球化的浪潮使得各国相互依赖，国家之间的联系日益紧密，不同文化间的交流也随之变得更为频繁，交流的广度和深度都在不断加深。与此同时，无法遏制的移民浪潮使得外来文化不断输入，同原有的民族文化相碰撞。除此之外，人们在接触到多种多样的文化之后，开始渐渐关注自身对文化的诉求，有意识、有目的地选择同自己相适应的价值观。在这些因素的共同作用下，现代国家内部民族成分复杂，有着多元的宗教、文化和价值观。但是，许多民族内部都还具有完整、独立的文化形态和根深蒂固的民族认同，这使得不同文化之间相互排斥，民族之间矛盾和冲突不断。因此，民族国家内部亟待解决的问题是：如何把存在着多元文化差异的社会重新整合成一个具有行动力、高度凝聚力和认同感的统一体。

哈贝马斯认为面对社会中多元的文化，"包容"是一条可行的解决途径："从规范角度看，民主过程深入一种共同的政治文化中，所具有的不是一种排斥意义，不是要突出民族的特性，而是一种包容的意义，这是一种自我立法的实践，它把所有公民都平等地包容了进去。所谓包容，就是指政治共同体对所有的公民都保持开放状态，不管他们有怎样的出身"（哈贝马斯，2019：90）。由此可见，包容的意义并不是民族同质性，即消除一个国家中不同文化之间的差异，使其整合成统一的文化，而是在承认差异的基础上，使得各种文化得以平等共存。

面对多元化的社会，传统的、自然的民族认同和民族意识无法再维系人们之间的关系，具有自发性的民族一体化不能承担民族国家一体化的重任。哈贝马斯认为，共同的民主政治文化将取代民族主义发挥重要作用。"对于现代人来说，要紧的不是学会在民族文化中生活，而是在政治文化中生活；要紧的不是去寻根或寻回与他人同根的感情，而是学会如何批判地审视自己的利益，以便进入理性的协商程序，这便是具有形式普遍性的民主政治文化。"（对比徐贲，1998）在民族认同和文化认同将被淡化，不同的民族、文化身份将被搁置的同时，重要的是找寻一种共同的政治文化。民主不仅是一种制度，也是一种文化，它产生于政治意识形成之时，发展在公共交往层面之中，指导公民的政治实践。遵循民主制度的公民必然也受到一种相同的民主政治文化的影响，从而建立起抽象意义上的共识和团结。

超越民族国家的困境要求民族国家内部从超验的民族主义转向具有包容性的多元主义，尊重差异、消除歧视，用民主政治文化代替传统的民族文化，在政治同一化的基础上，确保亚文化的多样性。

2. 构建"欧洲民族国家"

从欧洲现代化民族国家产生和发展的过程中不难看出，民族不具有自然含义，而是人为构建的，且在特定的历史背景下形成。到目前为止，集体认同仍以民族认同为基础，局限在民族国家的界限内。对此，哈贝马斯提出，为了建立欧洲民族国家，使认同形式得以真正超越民族和国家的边界，必须满足下列三个要求。

第一，必须构建一个欧洲公民社会。超越民族国家不能仅仅依靠经济一体化，更重要的是推进欧洲政治一体化的进程。相同的利益和价值追求会促使超越了民族国家边界的利益组织、欧洲党派以及跨国网络系统的产生。它们摒弃地域意义，转而遵循功能原则，并构成了欧洲公民社会的核心。在后民族社会中，共和主义处于主导地位，打破以种族观念为核心的民族主义的束缚，从而转向文化的民族观，即在没有历史亲缘关系的公民、国家之间构建一种抽象的团结关系和集体认同。在此发挥主要作用的应是政治意义上的民主制度和法律原则，它们使得自由联合起来的政治共同体中的成员拥有公民的身份，互相承认彼此平等的地位，集合成超越国家边界的政治共同体。

第二，需要建立欧洲范围内的政治公共领域。在当今世界中，国家间的磋商机制以及各种跨国组织的决策过程都仍缺乏民主性。对此，哈贝马斯提出，必须建立一个同民主过程步调一致的公共领域。"在复杂社会里，民主合法化的基础在于制度话语过程和制度决策过程与非正式的意见形成过程（依靠的是大众传媒）在公共交往层面上的相互作用"（哈贝马斯，2019：162），各国应从超越国家的全球治理视角来思考问题，用开放的态度参与政治协商的环节。

第三，创造一种欧盟公民都能参与其中的政治文化是建立欧洲民族国家必要条件。为了在政治共同体中构建集体认同感，就需要用民主政治文化代替传统的民族意识与民族文化。在政治同一化的基础上，强调平等和普遍主义，使宪法爱国主义发挥其效用，唤醒公民的政治归属感，形成一种新的抽象团结。同时，政治的同一化并不意味着消除文化间的所有差异，相反，多元化的文化差异得到尊重、所有文化被平等接纳、公民的信仰和价值取向得到维护。

哈贝马斯认为，建立一部欧洲宪法可以在很大程度上加快这三方面的发展，因为"立宪过程本身就是跨国交往的特殊手段，它具有自我履行诺言的潜力。一部欧洲宪法不仅可以明确潜在的权力转移，而且也将推动新的权力格局的形成"（哈贝马斯，2019：161）。而宪法得以实现其民主进程和合法化的前提则是一个欧洲政党体系的产生。它要求现有的政党必须首先突破本国的界限，进入欧洲的活动空间，对欧洲的未来发展展开讨论、制定纲领，通过争论将各国原本互相矛盾的利益取向统一起来。同时，这些政党也必须点明这个活动空间的存在，即在欧洲的政治公共领域内收获关注，"在建立一个欧洲社会的同时，使之具有大同政治的意义"（哈贝马斯，2019：129）。

3. 形成"世界公民社会"

哈贝马斯认为，超越民族国家的最终结果是会在全球领域内形成一个世界公民社会。世界大同政治要求通过一部可以保障全球公民权的世界公民法，将政治立法者的交往形式制度化，并确立世界公民的政治地位。世界公民法强调人民主权原则和人权原则，普遍承认公民参与文化构建，给予世界公民平等的政治和法律地位。所以，世界公民有着政治意义上的归属感，他们对于破坏法律、压制边缘文化以及违背人权的行为表示愤慨，并借助法律维护公民之间的抽象团结。

同时，哈贝马斯指出，现在的联合国既没有常设的国家刑事法庭，也没有自身的武装力量，其行动一直存在着合法性与有效性步调不相统一的问题。所以世界大同政治还需要改革联合国，以求建立一个有力的国际刑事法庭，使其对各国政府都具有约束力，并将安理会扩大成一个具有行为能力的执行机构。

一个国际公民社会要求各个国家突破民族国家的界限，转而用全球治理的视野来思考问题。"只有借助于公民要求大力转变对内政策的意识，具有全球行为能力的主体的自我意识才会发生根本的改变，从而越来越把自己看作一个只能相互合作和相互兼顾利益的国际共同体成员。如果国民出于自我利益的考虑而尚未接受这种意识转变，执政的精英就不要指望会出现从'国际关系'到世界内政的'视角转变'。"（哈贝马斯，2019：71）也就是说，民族国家必须明确，它们是一个国际共同体的成员，肩负着世界义务，处于和其他成员国相互合作的过程之中。只有这样，各国才能从全球治理的角度出发，在对内政策上相互制约，达成利益协调化和利益普遍化。

四、后民族结构的争议

哈贝马斯的观点是，在全球化浪潮的冲击下，民族国家这一国家形态必然走向灭亡，在欧洲乃至全世界范围内建立起自由、平等、民主的后民族结构。而这一后民族结构理论同时也受到很多哲学家和理论学家的质疑和批判。

反对者们认为，哈贝马斯关于世界公民社会的构想带有极强的乌托邦色彩。哈贝马斯的全球治理思想旨在建立一个公正的国际社会秩序，使得国际决策过程透明公开，各个国家之间相互调节以实现利益的普遍化。但是这种处于平等、和平中的后民族结构在贯彻的进程中会遇到各种阻碍。在现实中，一个国家很难愿意放弃自身所能获得的最大利益，而一个国家的权力力量也必然会在国际协商和跨国治理中体现出来。一些理论学者认为，哈贝马斯的思想仅仅是建立在纯粹的形式理性基础上的。比如约翰·罗尔斯就曾指出，哈贝马斯的理论中蕴含着五种看似属于程序理性的价值："无党派性、平等性、公开性、权力和暴力使用的摒弃、一致性。"（罗尔斯，1995：149）但是哈贝马斯的这些诉求仅仅停留在理论层面，和现实的政治背景相脱离。他试图在国际政治关系中用话语理论和形式理性来消弭冲突，实现政治同一化和亚文化的平等、多元化，但在现实社会中，每一种话语都蕴含着不同文化的交流、价值观的冲突、意识形态的碰撞和利益的对立。所以，哈贝马斯的全球治理思想是一种过于理想化的模型，在实践操作过程中必将遇到强烈的抵制，并在未来相当长的一段时间内几乎没有实现的可能。

与此同时，反对者们还认为哈贝马斯的构想具有极重的西方中心主义的色彩。哈氏的全球治理观念以及对世界公民社会的构想仍然是建立在西方的民主制度、人权主义等核心价值观的基础上。查尔斯·泰勒认为，对民主、平等、法制以及形式理性的追求都是西方文化的产物，并不具有自然的普适性。这种西方中心主义的价值观把人权置于首位，高于民族和国家的利益，体现出西方极端的个人主义价值观（彭霄，2004：62）；而哈贝马斯以其作为理论基础，本质上仍然是用西方话语构建世界政治体系。虽然哈贝马斯认为各种文化最终可以平等相处，但他的思想隐含着一个非常重要的前提，即承认欧洲大陆的价值取向具有普适意义，并将欧洲文化作为评判其他文化的标准。

除此之外，反对者们还认为哈贝马斯的分析论证并不足以说明，在全球化的进程面前，民族国家正在走向灭亡。他们认为，全球化的进程不但没有消灭民族、文化、意识形态和国家之间的冲突，反而进一步激化了矛盾，在某些方面甚至达到了不可调和的地步。全球化不仅没有使得世界公正得以贯彻，反而加剧了国家间的不公正，因为"它赋予发达国家、跨国资本和私人财团以无限制、无障碍地扩张自己原本已十分巨大的财富和势力的权利，使它们可以肆无忌惮地掠夺最不发达地区和人民；而后者为这种扩张和掠夺所付出的代价，却是日益加剧的贫困化和边缘化，它们被排除在'世界经济一体化'和信息网络化之外，离'世界潮流'越来越远"（彭霄，2004：61）。所以，反对者们认为全球化不是使得民族国家失去作用，而是给民族国家提出了新的要求和挑战。为了保障社会的公平性，民族国家需要建立起更加完善的社会制度。

五、结语

哈贝马斯的后民族结构是在回溯历史、立足当下的基础上提出的。哈氏首先从历史的角度出发，总结了民族国家产生的过程及其内涵。民族国家不是自国家产生之初就存在的，而是国家形态演变过程中的一环。民族是被国家所构建的，通过政治、经济、文化三方面的整合，国家范围内的公民被整合成一个"想象共同体"，成为具有行动能力的统一体。同时，民族也反作用于国家，民族取得了国家的形式，民族认同和国家认同最终得以相协调统一。哈贝马斯强调，民族国家不仅包含着文化属性，即相同的起源、共同的文化和语言，更重要的是其政治属性。民族国家这个政治共同体赋予了公民自由、自觉的权利和平等的政治、法律地位。

哈贝马斯指出，民族国家不是国家形态演变的终点，其自身也将走向消亡。民族国家内部存在结构性的问题，即民族的政治和文化属性之间的矛盾。民族的政治属性强调普遍主义，而文化属性则更多关注文化的特殊性，划分自我和他人的界限。两者之间的紧张关系迫使民族国家发生转变。而在外部，民族国家也正遭受到全球化进程的冲击。全球化这一不可逆转的世界进程给民族国家造成了三方面的困境——对外主权的丧失、对内控制力的逐渐减弱以及集体认同的日益艰难。

为了解决民族国家目前所面临的问题，哈氏提出了后民族结构理论。"宪法爱国主义"为后民族结构提供了指引，解构了自然的民族主义和政治意义上的共和主义之间的共生关系。宪法爱国主义强调民主、法治，用政治归属感代替传统的民族认同和民族意识，在宪法层面唤醒公民的爱国意识。哈贝马斯认为，必须从国家内部、区域一体化以及全球领域三个层面来突破民族国家的局限性。民族国家内部需要转向包容性的多元主义。包容不是指彻底消除文化差异，而是在政治同一化的基础上，实现多元文化的平等相处。在欧洲层面要实现区域政治、经济、文化的一体化，构建欧洲公民社会，建立和民主过程相协调的公共领域，并创造一种欧盟公民都能参与的政治文化。同时哈贝马斯认为，在全球视野下，最终可以构建政治大同的世界公民社会。民族国家将运用全球治理的视角来看待问题，相互协调牵制，打破国家界限的束缚，达到利益的普遍化。

哈贝马斯的后民族结构理论也遭到了很多理论学家的质疑。首先，反对者认为后民族结构理论具有强烈的乌托邦色彩，忽视现实的国际政治背景，仅仅建立在理论基础上。其次，哈贝马斯关于构建世界公民社会的想法仍具有西方中心主义的色彩，以欧洲大陆的文化和价值观为导向，并不具备天然的普适性。除此之外，质疑者也认为，在全球化进程中，各个民族和文化之间的矛盾加剧，但这并不意味着民族国家一定会走向消亡，而是给民族国家提供了新的发展方向。

哈贝马斯为未来的国家和世界的发展绘制了一幅乐观而美好的愿景。虽然哈贝马斯的这一理论观念有一定的局限性，但是他对他者的关怀和尊重、对民族和谐相处的展望、对不同文化平等包容的思想都对当前的全球治理有着积极的指导和重要的参考意义。就像哈贝马斯说的"不认识他者，就没有爱；不相互承认，就没有自由"（哈贝马斯，2019：174）。

参考文献

[1] Jürgen H. Vergangenheit als Zukunft [M]. Zürich: Pendo-Verlag, 1990.

[2] Jürgen H. Faktizität und Geltung. Beiträge zur Diskurstheorie des Rechts und des demokratischen Rechtsstaats [M]. Frankfurt am Main: Suhrkamp Verlag, 1992.

[3] Jürgen H. Die Einbeziehung des Anderen. Studien zur politischen Theorie [M]. Frankfurt am Main: Suhrkamp Verlag, 1996.

[4] Jürgen H. Die postnationale Konstellation. Politische Essays [M]. Frankfurt am Main:

Suhrkamp Verlag，1998.

[5] Jürgen H. Glauben und Wissen [M]. Frankfurt am Main：Suhrkamp Verlag，2001.

[6] 安东尼·D. 史密斯. 全球化时代的民族与民族主义 [M]. 龚维斌，良警宇，译. 北京：中央编译出版社，2002.

[7] 埃里克·霍布斯鲍姆. 民族与民族主义 [M]. 李金梅，译. 上海：上海人民出版社，2006.

[8] 莱斯利·里普森. 政治学的重大问题 [M]. 刘晓，译. 北京：华夏出版社，2001.

[9] 彭霄. 全球化、民族国家与世界公民社会——哈贝马斯国际政治思想述评 [J]. 欧洲研究，2004（1）：45 - 64.

[10] 徐贲. 战后德国宪政与民主政治文化：哈贝马斯的宪政观 [J]. 21 世纪，1998（47）：13 - 21.

[11] 尤尔根·哈贝马斯. 包容他者 [M]. 曹卫东，译. 上海：上海人民出版社，2018.

[12] 尤尔根·哈贝马斯. 后民族结构 [M]. 曹卫东，译. 上海：上海人民出版社，2019.

[13] 尤尔根·哈贝马斯. 哈贝马斯在华演讲集 [M]. 上海：上海人民出版社，2002.

[14] 王昌树. 论哈贝马斯的“民族国家”思想 [J]. 世界民族，2009（1）：88 - 91.

[15] 王缉思. 民族与民族主义 [J]. 欧洲，1993（5）：14 - 19.

[16] 约翰·罗尔斯. 政治自由主义 [M]. 万俊人，译. 南京：译林出版社，1993.

[17] 周平. 民族政治学 [M]. 北京：高等教育出版社，2007.

[18] 周平. 对民族国家的再认识 [J]. 政治学研究，2009（4）：89 - 99.

互文性的起源、流变及其在德国的发展

余睿蘅*

内容提要：互文性概念自20世纪60年代诞生以来，经由文艺理论家们的不断阐释得到了长足的发展，成为重要的文艺理论。文本间的游戏构成了广阔的文本空间，由此也给互文性提供了巨大的阐释余地，广义的或狭义的、解构的或建构的、后结构主义的或结构主义的，是意义构建的过程抑或修辞的手段。长期以来，出于不同的理论视角，互文性的定义莫衷一是，随着研究的发展，互文性理论也不局限于文艺理论，逐渐与语言学、社会学、翻译学等学科结合起来。相较于俄国、法国与美国，德国的互文性理论研究开始较晚，且大多由斯拉夫语文学家、罗曼语文学家与英语文学家展开，他们将互文性理论运用于具体的案例研究。本文回顾了互文性理论的起源与发展，基于曼弗雷德·菲斯特（Manfred Pfister）与乌尔里希·布罗奇（Ulrich Broich）编著的《互文性——形式、功能、英语案例研究》（*Intertextualität-Formen，Funktion und anglistische Fallstudien*）一书，梳理和总结了以菲斯特与布罗奇为代表的德国英语语文学者的互文性研究，探讨了其研究的重点与特色，以及其研究是如何将广义互文性与狭义互文性的模型结合起来的。

关键词：互文性；德国研究；理论介绍

Title：The origin and evolution of intertextuality and its development

---

* 余睿蘅　上海交通大学外国语学院。

in Germany

Abstract: Since its birth in the 1960s, the concept of intertextuality has developed rapidly through the continuous interpretation of literary theorists and has become an important literary theory. The games between texts constitute a vast space of texts, which also provides a huge room for interpretation of intertextuality: in broad sense or narrow sense, deconstructive or constructive, of post-structuralism or structuralism, the process of meaning construction or the means of rhetoric. For a long time, due to different theoretical perspectives, the definition of intertextuality has been inconsistent. With the development of research, intertextuality theory is not limited to literary theory, and is gradually integrated with linguistics, sociology, translation studies and other disciplines. Compared with Russia, France, and the United States, the study of intertextuality theory in Germany started later, and was mostly carried out by Slavic, Romance, and English specialist who applied intertextuality theory to specific case studies. This paper reviews the origin and development of intertextuality theory, based on "Intertextuality-Form, Function, English Case Studies" (Intertextualität-Formen, Funktion und anglistische Fallstudien), summarizes and sorts out the intertextual research of German scholars represented by Pfister and Broich, and discusses the focus and characteristics of their studies and their way of combining the models of broad intertextuality and narrow intertextuality.

Key words: Intertextuality, German Studies, Theory Introduction

一、互文性的起源

互文性这一概念最早由法国后结构主义学家、符号学家朱莉娅·克里斯蒂娃（Julia Kristeva）提出。1966 年，克里斯蒂娃在《如是》（*Tel Quel*）杂志发表了《词语、对话和小说》。在文中克里斯蒂娃（2015: 87）

写道："任何文本的建构都是引言的镶嵌组合，任何文本都是对其他文本的吸收和转化。从而互文性概念取代主体间性概念而确立，诗性语言至少能够被双重解读。"克里斯蒂娃虽然是互文概念的首创者，但其实是在介绍和阐释俄国学者巴赫金（M. M. Bakhtin）的狂欢化与对话理论的过程中发展出互文性这一概念的。

不同于俄国形式主义将文本视作封闭静止的结构，巴赫金认为词语正是在不断变化的动态过程中才获得了生命，将社会、历史、意识形态等因素也纳入了文学研究的范围。巴赫金并未将研究聚焦于作为抽象系统存在的语言，而是提出了超语言学，着眼于言语——某一特定语境下的表达，其渗透着特定的意识形态与价值观。巴赫金在研究陀思妥耶夫斯基的小说时提出了"复调小说"（polyphonic novel）这一概念，与独白性质的现实小说与史诗不同，复调小说继承了狂欢节化与梅尼普讽刺体，呈现出对话性与双值性[1]。叙述词语分为直接词、对象词和双值词，双值词一边传达了阐述主体即作者的声音，另一边传达了言说主体即主人公的声音。主人公不是作者的传声筒，而是与作者平等对话的主体。小说的角色之间、作者与主人公之间、小说结构的所有成分之间始终处于对话关系之中，小说由此具有"多声部"的特点。

克里斯蒂娃的互文性概念继承和超越了结构主义语言学与巴赫金的对话理论。在结构主义语言学视角下，符号并不直接指涉现实世界，而是指向符号体系，符号连接了能指与所指，本身不具有意义，由于处在与系统中其他符号的差异关系中而拥有了意义。基于此观点，克里斯蒂娃指出文本处于广阔的文本空间中，任何一个文本都指涉着其他文本，文本的意义在与其他文本的动态关系中得以产生。不同于结构主义将文本视作封闭的结构，克里斯蒂娃吸收了巴赫金的对话理论，即文本空间中存在着写作主体、读者与语境这三个维度，将所有的"意义"实践都纳入文本的历史，"每一个词语（文本）都是词语与词语（文本与文本的交汇），在那里，

---

① "双值性"意指言语并非独白式的话语，而是不同话语与不同意识形态的表达，是文本与历史文本的交叠。

至少有一个他语词（文本）在交汇处被读出"（克里斯蒂娃，2015：87）。克里斯蒂娃将巴赫金的互主体性延伸为互文本性，主体被消解，取而代之的是文本之间的互动。文本处在文本相互交织的巨大的文本空间的网络中，互相指涉、吸收和转化，意义也在动态的关系中随之产生。互文性是文本间的游戏，能指与所指的关系在不断动态变化，文本的外延也在不断延伸，社会、历史、文化等都被纳入了文本的空间，由此互文性成为普遍存在的特性。

二、互文性理论的发展

克里斯蒂娃的互文性概念能够在法国学界得到广泛的传播与积极的响应得益于包括罗兰·巴特（Roland Barthes）在内"如是"小组成员的积极宣传和阐释。罗兰·巴特在《作者之死》（1968）中将文本称作来自无数文化中心的引文的编织物，引文在文本这个多维空间中相互交织与碰撞。作者只是一个书写者，不从事创作而是写作，文本不再是原创的，而是多种书写的混合。巴特提出"作者已死"的同时又提出了"读者的诞生"，文本中多种写作混合、对话与交汇的空间正是读者——无历史、无生平、无心理，不是真实存在的个体，而是一个虚拟对象，提供可以自由阐释的空间（Barthes，1977：142–148）。巴特的阐释进一步消解了文本中的主体性，作者的主体地位被埋葬，另一端的读者也非客观存在的主体。"如是"小组围绕互文性理论的研究实际上是对传统的文学观的批判，文本不是封闭的结构，作者的神圣性被颠覆，意义不是主体所赋予而是在文本间的动态游戏中产生，由此推动了法国学界从结构主义向后结构主义的转变。

源自俄国学者巴赫金的对话理论，植根于法国后结构主义热潮兴起的土壤，互文性理论研究在世界范围内蔓延开来。除克里斯蒂娃、巴特之外，迈克尔·里法特尔（Michael Riffaterre）、热拉尔·热奈特（Gérard Genette）、洛朗·坚尼（Laurent Jenny）、哈罗德·布卢姆（Harold Bloom）等文艺理论家们都对互文性进行了阐释。他们或将互文性作为文学性或文本性的重要特性来探究文本间的动态关系，研究文本如何通过互文性在广阔的文本空间找到自己的位置、构建文本的意义的；或将互文性作为诗学与修辞的手段，总结出互文的种种形式，研究具体文本间的互文关系。互文性理论研究一般可以分为：广义互文性的研究，致力于批判传统的文学观，强调主体的去中心化以及意义的动态化；狭义互文性的研究，对互文性现象进行系统的划分和归类，应用于具体文本的研究。广义互文性也可以称为后结构主义的互文性，狭义互文性则可称为结构主义的互文性。后结构主义不是对结构主义的颠覆，也并非所有的互文性理论都能够泾渭分明地被划分为广义互文性或者狭义互文性，在广义狭义两端之间存在着巨大的阐释空间，互文性理论在其中不断蓬勃发展，为文学以及语言学、社会学、历史学等学科提供了丰富的研究材料与研究手段。在互文性研究发展的过程中，文本与先前文本、文本代码与文本系统的关系不断进入研究的视野，文本的内涵不断丰富，外延不断扩展，位于文本两端的读者与作者被赋予新的角色。文本不是以作者一人之力生成，文本的阅读也不再是线性的，而是以文本为轴心纵向指向先前文本与文本系统，横向指向读者与作者的发散性的空间，在这个空间里，意义不断地生成与延伸，文本的世界也愈发具有动态性与多样性。

三、德国的互文性研究

法国是互文性理论研究的主要阵地，美国耶鲁学派也对互文性概念做出了积极的阐释，在德国，斯拉夫语、罗曼语、英语语文学家们是研究互文性的中坚力量。蕾娜特·拉赫曼（Renate Lachmann）的《对话性》（*Dialogizität*）（1982）与沃尔夫·施密德（Wolf Schmid）和沃尔夫·迪特斯·坦佩尔（Wolf-Dieter Stempel）的《文本的对话》（*Dialog der Texte*）（1983）是德国学者有关互文性的重要论著，而曼弗雷德·菲斯特与乌尔里希·布罗奇于1985年出版的《互文性——形式、功能、英语案例研究》（*Intertextualität-Formen，Funktion und anglistische Fallstudien*）更是展现了以菲斯特与布罗奇为代表的德国英语语言文学学者们关于互文性理论在阐释学上的努力。他们尝试对互文性的形式、标记、强度等进行系统性的总结与类型学上的划分，虽然研究的出发点大多是狭义概念的互文性，但还是努力斡旋于狭义互文性与广义互文性这两种大相径庭的互文性研究之间，试图将不同的互文性理论的长处相结合，并运用于具体的实践分析当中。下文重点介绍和辨析曼弗雷德·菲斯特与乌尔里希·布罗奇等人有关互文性的论述，对互文性研究在德国的发展和流变进行小结性的说明。

（一）互文性概念

互文性的概念是互文性研究的出发点，决定着互文研究的视角、对象与工作方法。互文性概念通常被分为广义互文性与狭义互文性。借助文本与先前文本的纵向关系，曼弗雷德·菲斯特对有关互文性的概念进行了从广义过渡到狭义的分级。在广义互文性概念下，不存在封闭的、孤立的单个文本，文本始终处在与其他文本的动态关系中，所有的文本都是互文本。在不断的指涉中，文本游戏产生了巨大的文本空间，文本与前文本共同处在这一文本空间中。文本空间不仅仅是所有文本的集合体，还包括孕育文本的文化结构与意义体系，文本也不局限于客观存在的意义结构，还涵盖了社会历史中的所有实践。基于这一广泛的文本概念，互文性被视为普遍存在的所有文本的共性。然而如此宽泛的互文性概念不适用于具体的文本分析的实践，一些学者将互文性进一步限定为某些文本类型，即文学文本与诗歌的特性。而最为狭义的互文性概念则严格区分文本间性与系统指涉，将互文性的范围限定为具体文本的指涉，互文性定义为文本与文本间的关系，将其作为具体的构建文本意义的方式，总结出戏仿、引用、影射、翻译等常见的互文方法，用于具体文学文本的研究。

广义的互文性概念显然不适用于具体文本的分析与阐释，但是过于狭义的互文性概念又容易陷入来源与类比研究的窠臼。即使我们在阅读文本时能感受到其他文本的痕迹，前文本的影响也可能是隐匿的、不可考据的，我们无法溯源，但是它确切存在。互文性研究绝非传统的文本关系与影响研究的老调重弹，而是关乎"文本的各种互文关系的整合，不同互文方法的互相游戏及其作用"（Broich and Pfister, 1985：19）。曼弗雷德·菲斯特采取了折中的策略，将互文性限定为文学文本间具体的关系，同时指出"这种文本间性所指涉的不仅仅是具体的前文文本，还有文本所属的文本系统，比如文体"（Broich and Pfister, 1985：17）。由此，互文性的概念不再局限于具体的历史的文本，也没有无限地延伸，扩展到所有社会历史的实践。这一互文性概念的定义使得探索广义与狭义这两个极端中间的地带成为可能，以菲斯特为代表的德国学者也在试图对这个模糊的地带进行分类与分级，从中总结出体系化的理论论述。

（二）互文性的衡量标准

后结构主义的广义互文性理论与结构主义、阐释主义的狭义互文性理论各有优劣，这两种理论模型并不是互斥的，广义互文性将文本的概念扩展到了所有文化代码与符号体系，狭义互文性理论模型研究的文本案例正是广义互文性概念下的文本在某一历史时期的具体语言表达。曼弗雷德·菲斯特集两者所长，从广义互文性出发，对互文关系的强度进行区分和分级，形象地将其描述为互文强度从核心向边际逐渐递减的圆环模型。菲斯特从以往的互文性理论研究中总结提炼出一系列标准来衡量互文性的强度，并将其分为质的标准与量的标准。质的标准是：

（1）指涉性（Referentialität）。有距离的指涉相较于简单的引用具有更强的互文性，一定程度上，互文性催生了元文本性（Metatextualität），先前文本在指涉形成的空间里被评论、被阐释，现文本对先前文本的指涉与差异也成了文本的主题。

（2）交流性（Kommunikativität）。从语用学的角度，文本是语言的表达，具有交际意图，因此必须将会话双方即作者与读者考虑在内。受此观点的影响，Pfister 将作者与读者对互文关系的意识程度以及文本中互文关系标记的明晰程度作为判断互文性强弱的标准。

（3）自反性（Autoreflexivität）。与前两个标准相结合，自反性指的是互文性本身成为文本的主题。有关互文性的元叙述越明显，自反性越强；反之，则越弱。

（4）结构性（Strukturalität）。对先前文本偶然的片段式的引用所产生的互文关系属于弱互文性，与前文结构的同一性越强，互文性越强。

（5）选择性（Selektivität）。互文性的强度与指涉的抽象程度相关。直接引用比暗示更为明确和精准，有选择地指涉具体的先前文本相较于指涉文本类型等更为抽象的系统显现出更强的互文性。先前文本通过精准明确的指涉被激活，进入新的文本的意义结构中。

（6）对话性（Dialogizität）。文本和先前文本的语义、意识形态等不断地在碰撞与对话，文本在充满张力的指涉空间内游戏，差异越大，互文性越强。

作为补充，菲斯特（Broich & Pfister, 1985：25-30）还给出了量的标准——互文关系的密度和频率，先前文本的数量与多样性，用以研究具体作品、作者或者时代的互文关系。

文本间互文关系的强度在不同的标准维度上可能此消彼长，这些标准本身就具有极大的空间，质的标准比如"交流性"随不同读者的视野与知识储备不断变化，量的标准也随着文本空间的不断扩大而处在动态变化当中。菲斯特坦言，提出这些标准并非真的为了"衡量"互文性，而是对不同互文关系进行了类型学上的分类。菲斯特给出的衡量标准如"指涉性""对话性"明显受到克里斯蒂娃等人的影响，从广义互文性的概念出发探讨纵轴上文本与先前文本的关系，即文本与前文本同处文本空间中，在指涉的同时又产生差异关系，正是这种差异构建了互文的空间，在文本游戏的过程中不断产生新的意义结构。

菲斯特对于位于横轴的作者与读者的关注，提出用"交流性"的标准来探讨作者、文本与读者之间的互动关系，这种对作者与读者的关注也是同时期德国互文性研究学者的共同特征。不似后结构主义刻意消解作者的主体地位，德国语言文学家们将文本作为交流的实践，读者在阅读文本中能够通过文字的游戏接收作者的意图，而文本的意义也不是固定的，通过了读者积极的感知获得了延伸，文本也产生了美学的效果。卡尔海因茨·斯蒂尔（Karlheinz Stierle）（Schmid & Stempel, 1983：9）将互文性分为生产美学的互文性与接受美学的互文性：生产美学的互文性表现在文本进入文本空间占据"空位"（Leerstelle），在对已经存在的文本进行改写、扩写的过程中产生；接受美学的互文性基于"每个作品之间都是可以产生关联性的"这一原则，不同读者可能会建立起不同作品间的关联性，从而造就了一个差异的空间，作品可以从不同的视角被接受、被解读。作品在差异空间中不存在唯一的确定的真实，定型观念得以打破，作品的意义得到了扩展，也更好地产生了美学效果。

"交流性"这一标准使得在广义互文性中丧失话语与主体性的作者与读者显现出新的生命力，互文性能够在文本生产与接受的两端显现与被感知。而优先于生产美学与接受美学互文性的是"文本本身显示了一种或多种互文关系"，文本作为"反射媒介"（Reflexionsmedium）而存在（Broich & Pfister, 1985：10）。菲斯特的"自反性"标准则是对"反射媒介"的进一步表述，将互文关系本身作为文本的主题，当对于先前文本有差异的指涉本身存在于文本中时，与之相关的元叙述话语显现出极强的互文性。

（三）互文性的标记形式

曼弗雷德·菲斯特的一系列标准从某种程度上使互文性不再是深奥抽象的概念，而成了可以被"衡量"的对象，紧接着乌尔里希·布罗奇试图对互文性进行标记，使其成为更加具体的存在。布罗奇从更为狭义的互文性概念出发，着眼于曼弗雷德·菲斯特提出的"交流性"这一维度，将交际成功作为互文性存在的前提，即作者有意识地指涉其他文本，认为这些指涉关系是读者能够意识到的且对于文本理解是重要的，读者看出了这些指涉关系并且意识到了作者的意图。为了读者能够辨认出这些互文关系，作者在文本中会用"互文信号"（Intertextualitätssignal）进行标记。互文性的标记也有强有弱，其强弱性也随着文本的发展而动态变化。影响标记强弱程度的客观因素有标记（marker）的数量、在文本中的位置及其明确度等。此外，布罗奇借用了雷纳·沃宁（Rainer Warning）相对于"讽刺信号"（Ironiesignal）提出的"信号门槛"（Signalschwelle）的概念，指出对于不同的读者，互文信号的门槛高低是不一样的，即读者能接受到互文信号的难易程度不同。

此前关于互文性标记的研究寥寥，先前研究者对于"标记"的定义及形式的论述也相对模糊与局限，布罗奇（Broich & Pfister, 1985: 31 - 47）给出了更为具体与全面的标记形式：① 在副文本中标记，比如标题、副标题、脚注、格言、前言、后记、与作者有关的书信、采访等；② 在内部交流体系中标记，比如前文本（甚至以实体的形式出现）成为现文本中人物讨论的主题，前文本中的人物出现在现文本中等；③ 在外部交流体系中标记，比如通过人物的姓名暗示，不同的标点符号、印刷格式、字体的使用，写作风格的转化以及作者营造的易于引发读者进行互文联想的语境等等。面对的读者群体不同，互文性标记的数量及明确程度也会有所不同，当面对小范围的特殊专业读者群体或者指涉的先前文本所有人都耳熟能详时，作者也会选择不进行特别的互文性标记。一般说来，为了读者能够更容易地感知到互文关系或者为了更好地达到预期的效果，作者在文本中往往会采取多种互文性标记的形式。

（四）互文性的范围——具体文本指涉与系统指涉

依据曼弗雷德·菲斯特给出的互文性概念，互文指涉的范围包括具体文本指涉（Einzeltextreferenz）与系统指涉（Systemreferenz），按照菲斯特的互文性圆环模型，具体文本指涉位于圆环核心，系统指涉位于边缘区域，"选择性"这一标准是衡量二者互文性强弱的重要尺度，对具体文本的指涉相较于对抽象文本系统指涉给出的互文信号更强烈，由此显现的互文程度更强。

在具体文本指涉中，被指涉的文本可以是其他作家的文本，也可以是文本的副文本、同一作家的其他文本，等等。系统指涉的范围相较于具体文本指涉则更为广泛与抽象。曼弗雷德·菲斯特（Broich & Pfister, 1985: 48 - 58）将系统指涉中的"系统"限定为语言的或者语言化的系统，根据抽象程度依次将系统指涉划分为对语言编码或者标准体系的指涉、对话语类型的指涉、对文体和文类的指涉、对原型和神话的指涉。虽然具体文本指涉与系统指涉所指涉的范围不同，但是他们往往结合起来共同构成了文本的互文关系。

　　具体文本的指涉与系统指涉在实际的研究中往往很难划分，因为单个文本与系统本身就是个别与一般、具体与抽象的关系。当指涉某一文本时，从更为广义的角度，也可以说是指涉了文本所属的系统，通过一层层的指涉与抽象化，同一个文化符号系统中的文本都存在相互指涉的关系，这也正是广义互文性重要的概念。曼弗雷德·菲斯特与乌尔里希·布罗奇关于具体文本指涉与系统指涉的划分正说明了狭义和广义互文性并不是水火不容的两个极端，互文性对于具体文本的生成以及文化系统和符号体系的构建都起着重要意义。乌尔里希·苏尔鲍姆（Ulrich Suerbaum）就以"文学体裁"（Textgattung）这一位于狭义互文性与广义互文性中间地带的文学体系为例，探究互文性对体裁的构建与发展的意义。和布罗奇一样，苏尔鲍姆认为互文性只有在读者感知到的情况下才能存在。然而与专业读者或者评论家不同，普通读者可能不能辨认出被指涉的是哪些具体的文本，在这种情况下，对文学体裁的指涉使读者联想到所熟悉的文本模式与结构，从而能更好地把握作者的意图，推动位于文本两端的双方进行成功的交际。文体的建立不是一蹴而就的，而是一个渐进的积累的过程，比如西方侦探小说传统是在埃德加·爱伦·坡的几部开山之作的基础上慢慢发展起来的。在文体的形成和发展过程中有两种形式的互文性起着决定性的作用，苏尔鲍姆（Suerbaum, 1985: 64）称之为"线性互文性"（lineare Intertextualität）与"透视性互文性"（perspektivierende Intertextualität）。线性互文性是指对先前文本片段的引用或者暗示，由此这一系列的文本呈现出序列性与连续性的特征，一个文体得以建立起来。透视性互文性下所指涉的文本可以是真实的，也可以是虚构的，可以是明确在文中存在的，也可以是不明显的，或真或假，或虚或实，相互交织，共同影响着文本的建构，文体也借助这些互文形式来标记这一系列文本之间的关联和共有的特征。虽然互文性的重要性在某种程度上会随着文学体裁的形成而减弱，比如文本可以通过标签或标题将自己归类到某一体裁，而不再需要指涉该体裁下的先前文本或者主题，但互文性也同时推动着文学体裁的创新，通过互文性的游戏，文体在内容和表现形式上焕发着新的生机。

（五）互文方法与融入形式

以曼弗雷德·菲斯特与乌尔里希·布罗奇为代表的德国学者热衷于对互文性进行类型学的研究，对互文性的概念、种类、标记形式等进行了细致的划分。在这一研究生态下，沃尔夫冈·卡勒（Wolfgang Karrer）对互文方法进行了分类。互文即对先前文本元素与结构的吸纳与再创造，基于这一定义，卡勒列出了四种互文方法（Karrer, 1985：103）：吸纳了先前文本的元素和结构；吸纳了先前文本的元素；吸纳了先前文本的结构；既没吸纳先前文本的元素，也没吸纳先前文本的结构。卡勒沿用了"字面的"（wörtlich）与"非字面的"（nichtwörtlich）这一传统的对立概念对以上四种互文方法进行了分级。第一种方法所产生的互文性最为字面义，是对先前文本元素与结构的接纳与吸收；第四种情况下的互文性的非字面性最强，虽然没有使用先前文本的元素或者结构，但是可以通过某些手段比如专有名词与姓名来激活读者的联想。元素可以是先前文本中具体的表达、情节、主题、人物等，结构涉及的则是元素之间的关系，比如情节结构、叙述结构等。文本对于先前文本元素和结构的互文是一个解构与再建的过程，元素互文性与结构互文性密不可分，一方的变化一定会引起另一方的改变。具体文本指涉与系统指涉中都会用到这四种互文方法，而具体文本指涉和系统指涉也往往同时出现在文本中，共同构成文本的互文关系，因此文本使用的互文方法涵盖了从对某一具体前文文本逐字逐句的引用，到通过概念或者名字对文本系统的指涉。

继曼弗雷德·菲斯特与乌尔里希·布罗奇对指涉范围的划分、沃尔夫冈·卡勒对互文方法的分类，莫妮卡·林德纳（Monika Lindner）探讨了先前文本融入现文本的具体形式，即先前文本是如何从先前的语境中脱离出来，经过重组与再构进入现文本的新的语境中。和菲斯特一样，林德纳（Lindner, 1985：116-133）也借助一系列的标准对融入形式进行了分级，即从完美无缺的融入包含着冲突的相容：

（1）文本层面的标准，即先前文本元素在现文本中的位置。借助普通语言学的结构模型，林德纳指出语音、语义、句法和语用层面上都可能出现前文的元素。除此之外，情节、主题等层面也能发生指涉关系。

（2）量的标准，比如被指涉的先前文本的数量、先前文本元素的外延、先前文本被指涉的频率和程度。这些标准与菲斯特的互文强度的"结构性"标准异曲同工，是关于片段式的指涉还是结构性的同一性的互文问题。

（3）质的标准。借助蕾娜特·拉赫曼的"拼缀"（Kontamination）与"易位构词"（Anagramm）的概念，林德纳给出了两种先前文本的融合形式。第一种是多个先前文本（或文本系统）的元素拼贴式地组合出现在现文本中，第二种是某一先前文本（或文本系统）的元素散落在现在文本中，他们出现了异位，但是拥有先前文本连贯性的同位素结构。

（4）先前文本之间的关系。多个先前文本之间存在着同质或者异质性的关系，往往通过两种互文方法融入新的文本中：先前文本之间通过相似的主题或者形式产生关联性而同时出现在新文本中；多个先前文本之间是层层指涉的关系，在系统指涉范围中这种方法则更为普遍。

（5）先前文本元素的抽象程度。依据拉赫曼的"邻近性"（Kontiguität）与"相似性"（Similarität）这两种互文关系，林德纳将互文划分为对先前文本元素直接的引用和对元素之间关系的承接，前者是具体的，而后者更为抽象，常见于系统指涉当中。

（6）互文方法的主题化。这一标准与曼弗雷德·菲斯特的衡量互文强度的"自反性"标准别无二致，从在文本中直接地标记先前文本，到将互文本身作为文本的主题，最后到意识形态的蕴含以及对现实的指涉，其主题化的程度不断加深。

沃尔夫冈·卡勒提出的互文方法的分类，以及莫妮卡·林德纳关于文本融入形式的论述都是关于元素与结构是如何在新的文本中进行重组，从而获得新的意义的。重组与再创造就涉及热内特所说的"互文本性"与"超文本性"，两个文本可能同时存在，或者现文本是在前文本的基础上转化派生而来的。元素与结构的接纳可能是完全的引用，而先前文本的元素在现文本的语境和结构中具有截然不同的意义；先前文本的元素可能被置换，结构被打破，在融入现文本的过程中存在着冲突，即里法特尔所说的"Ungrammatikalität"，读者也可通过反复阅读重组其内在的结构。除了元素与结构的吸纳与转化，当互文指涉本身作为主题出现时，给文本赋予了极强的互文性。

四、结语

曼弗雷德·菲斯特与乌尔里希·布罗奇等人尝试对互文性进行系统化的研究，这也正是狭义互文性或者结构主义互文性的任务之一，即通过系统性的总结来指导具体文本的分析与阐释。但同时他们并未将视角局限于单一的文本，也关注到了广义互文性概念，在论及互文性衡量的标准、先前文本融入现在文本的形式等时强调了文本之间的对话性以及文本游戏产生的差异空间，当指涉距离越大，有关互文性元叙述的话语越明显，文本便显现出极强的互文性。同时他们还关注到了系统指涉这一抽象层面的概念，并未将互文性限制于具体文本的指涉，并且探讨了互文性对于抽象文本系统构建的意义。

菲斯特与布罗奇这些德国学者明显受到热奈特、拉赫曼结构主义的互文性理论的影响。菲斯特与布罗奇等人论述的互文性的标准、互文标记的形式、先前文本融入的形式等正是对热奈特互文性（intertextuality）、副文本性（paratextuality）、元文性（metatextuality）、超文本性（hypertextuality）和统文性（architextuality）等概念的再阐释。互文现象包括先前文本与现文本的共存和现文本在先前文本的基础之上的转化。拉赫曼有关互文方法与互文关系的分类也成为林德纳等人的理论依据。元素与结构成为研究的重点，互文是对先前元素与结构的引用与再创造，基于这个认识，菲斯特与布罗奇等人给出了一系列的标准来衡量互文性的强度与先前文本的融入程度，这往往是从一个极端过渡到另一个极端的过程，但其衡量标准是复杂且多样的。对元素与结构完全的引用诚然是最为明显的互文信号也是最为直接与明确的指涉，但对元素与结构的转化、解构，颠覆其原有结构，使文本在这一差异的空间激活了新的意义。

以菲斯特与布罗奇为代表的德国语文文学家们的研究还是对巴赫金、克里斯蒂娃等人的理论批判性的继承和发展。后结构主义视域下的广义互文性概念旨在解构作品的中心地位与作者的主体地位，作品的意义在动态的互文关系中产生，作者不再拥有赋予与决定作品意义的权威性，与此同时读者的地位被抬高，互文关系经由读者得以感知与构建，读者也不是具体的个人，其主体性消解在广阔的、处在不断动态变化中的互文空间之中。"去中心化"与"无主体性"概念并不适用于系统研究文本之间的关系，卡尔海因茨·斯蒂尔（Karlheinz Stierle）认可作品的意义具有开放性与不确定性，但是这种动态性与不确定性不是无尽的，否则作品会失去其身份（Werkidentität），从而也无法产生美学效果。互文性并不意味着作品进入文本空间中相互作用的关系从而丧失中心地位；相反，作品本身位于自己所构建的意义场域的中心（Stierle, 1985: 14）。德国研究者也越来越多地将视线转向了作者与读者这两个主体，在承认作者在文本生成时使用互文手段等主动性的方式来构建文本意义的同时，强调了读者对互文的感知使文本的意义得到了扩展和延续。

曼弗雷德·菲斯特等人还结合普通语言学的概念进行了互文性的研究。菲斯特的"交流性"的衡量标准，林德纳在文本结构各个层面对元素出现位置的探讨，都是将互文性研究与语言学结合起来，博格兰和德雷斯勒（对比 Beaugrande & Dressler, 1981）也将互文性作为篇章性的标准之一。由此可以看出，互文性虽然最早作为文艺理论的概念出现，但在流变过程中越来越多地与其他学科相结合，文字作为语言符号，天然就与语言学有密切联系，结合语言学的视角来研究互文性，使这一理论体系更具结构化的特征。

以曼弗雷德·菲斯特与乌尔里希·布罗奇为代表的德国理论家的互文性研究大多着眼于结构主义与阐释学的层面，试图对互文性这一概念做一个抽丝剥茧的研究，全方位地给出体系化的论述。他们虽然给出了互文性的标准、标记形式、工作方法等，但大部分只是模糊的分类与大致的阐述，但也由此为具体文本的可操作性留出了空间。他们更多地对具体的案例进行研究，从中总结出一定的规律。但受到历史的局限性，这些规律并不具备普适性，此外，文本本身就处在不断动态变化的过程中。他们的互文性研究主要为了进行具体文本的分析，因此大多从狭义互文性的概念出发，即便涉及抽象系统的研究，也具有一定的局限性，只能借助一定时期或者类型的文本进行论证。但不可否认的是，菲斯特与布罗奇等人的理论与实践是积极的尝试，对互文性本身历史研究的构建和发展具有重要意义，文本与先前文本和文本系统、文本与作者和读者之间的动态关系也作为文本分析与阐释的重点凸显出来。

参考文献

[1] ANABEL T. Intertextualität. Der Text als Collage ［M］. Wiesbaden：VS Verlag für Sozialwissenschaften, 2016.

[2] GRAHAM A. Intertextuality ［M］. London and New York：Routledge, 2000.

[3] KARLHEINZ S. Werk und Intertextualität ［G］//WOLF S, WOLF-DIETER S. Dialog der Texte：Hamburger Kolloquium zur Intertextualität. Sonderband 11. Wien：Wiener Slawistischer Almanach, 1983：7 - 26.

[4] MANFRED P. Konzepte der Intertextualität ［G］//ULRICH B, MANFRED P. Intertextualität. Formen, Funktionen, anglistische Fallstudien. Tübingen：M. Niemeyer, 1985：1 - 30.

[5] MANFRED P. Zur Systemreferenz ［G］//ULRICH B, MANFRED P. Intertextualität. Formen, Funktionen, anglistische Fallstudien. Tübingen：M. Niemeyer, 1985：52 - 58.

[6] MONIKA L. Integrationsformen der Intertextualität ［G］//ULRICH B, MANFRED P. Intertextualität. Formen, Funktionen, anglistische Fallstudien. Tübingen：M. Niemeyer, 1985：116 - 135.

[7] ROBERT-ALAIN D B, WOLFGANG ULRICH D. Introduction to Text Linguistics ［M］. London & New York：Longman, 1981.

[8] ROLAND B. Image Music Text ［M］. Stephen Heath, trans. London：Fontana Press, 1977.

[9] ULRICH B. Formen der Markierung von Intertextualität ［G］//ULRICH B, MANFRED P. Intertextualität. Formen, Funktionen, anglistische Fallstudien. Tübingen：M. Niemeyer, 1985：1 - 47.

[10] ULRICH B, MANFRED P. Intertextualität. Formen, Funktionen, anglistische Fallstudien ［G］. Tübingen：M. Niemeyer, 1985.

[11] ULRICH B. Zur Einzeltextreferenz ［G］//ULRICH B, MANFRED P. Intertextualität. Formen, Funktionen, anglistische Fallstudien. Tübingen：M. Niemeyer, 1985：48 - 52.

[12] ULRICH S. Intertextualität und Gattung：Beispielreihen und Hypothesen ［G］// ULRICH B, MANFRED P. Intertextualität. Formen, Funktionen, anglistische Fallstudien.

Tübingen：M. Niemeyer, 1985：58 - 77.

[13] WOLF-DIETER S. Intertextualität und Rezeption ［G］//WOLF S, WOLF-DIETER S. Dialog der Texte：Hamburger Kolloquium zur Intertextualität. Sonderband 11. Wien：Wiener Slawistischer Almanach, 1983：85 - 109.

[14] WOLFGANG K. Intertextualität als Elementen- und Struktur-Reproduktion ［G］// ULRICH B, MANFRED P. Intertextualität. Formen, Funktionen, anglistische Fallstudien. Tübingen：M. Niemeyer, 1985：98 - 116.

[15] 蒂费纳·萨莫瓦约. 互文性研究 ［M］. 邵炜，译. 天津：天津人民出版社，2003.

[16] 朱莉亚·克里斯蒂娃. 符号学：符义分析探索集 ［M］. 史忠义等，译. 上海：复旦大学出版社，2015.

[17] 程锡麟. 互文性理论概述 ［J］. 外国文学，1996（1）：72 - 78.

[18] 秦海鹰. 文性理论的缘起与流变 ［J］. 外国文学评论，2004（3）：19 - 30.

[19] 王铭玉. 符号的互文性与解析符号学——克里斯蒂娃符号学研究 ［J］. 求是学刊，2011（3）：17 - 26.

在人工智能背景下评述德国功能主义学派诺德翻译理论

仇宽永　徐嘉华*

摘　要： 在20世纪60年代前后，西方翻译理论出现了文化转向。随后，德国功能主义学派的优势逐渐凸显并得到极大发展。本文聚焦于德国功能主义学派的集大成者诺德，她提出的翻译理论在当今的翻译研究中起到了重要作用；其次，文本着重探讨了诺德翻译理论在人工智能背景下的可适性以及人工智能发展为诺德理论优化提供的新启示。

关键词： 人工智能；德国功能主义；诺德翻译理论

Title： Comment on Nord's translation theory of German functionalist school in the context of artificial intelligence

Abtract： Around the 1960s, there was a cultural turn in Western translation theory. Subsequently, the German functionalist school gradually became prominent and developed greatly. This article focuses on Christiane Nord, the master of the german functionalist school. Her translation theory has played an important role in contemporary translation theory research. This article discusses mainly on the applicability of Nord's translation theory in the context of artificial intelligence and the new enlightenment for the optimization of Nord's theory provided by the Development of artificial intelligence.

---

* 仇宽永　上海交通大学外国语学院；徐嘉华　德国马格德堡大学计算机学院。

Keywords：artificial intelligence，German functionalist school，Nord's translation theory

20 世纪六七十年代，翻译理论在西方出现了文化转向，在这一过程中，德国具有代表性的功能语言学派得以兴起，并在过去的几十年中不断发展，推动了整个翻译理论的研究。德国功能学派的集大成者诺德（Nord Christiane）的翻译理论就在这一背景下应运而生。本文剖析对比诺德翻译理论和人工智能背景下机器翻译的各个要素，旨在探讨诺德翻译理论在人工智能时代背景下的适应性和理论优化的可能性。截至 2021 年 11 月 3 日，输入"人工智能"和"翻译"，共在中国知网检索到文章 90 篇，遍历文章标题可知，多数文章均是在讨论人工智能背景下的翻译实践，从人工智能角度研究诺德翻译理论的文章尚未发现。

一、西方翻译理论的文化转向

在 20 世纪 60 年代以前，西方翻译理论侧重于从语言学和符号学角度研究翻译。代表人物有尤金·奈达（Eugene A. Nida）。在 1964 年出版的《翻译科学初探》中，尤金·奈达以语言学和符号学为理论基础提出翻译中的"形式对等"和"动态对等"的翻译构想。奈达认为，翻译应该追求"动态对等"，主要表现为译文与原文在语义和语体上的无限靠近，而不是追求"形式对等"，即单个字或者词之间的对等，突出强调了两种语言翻译转换中的文本信息的交流功能。尤金·奈达的观点实质上是文本中心论。

然而，在 60 年以后，西方翻译研究出现了文化转向，打破了翻译研究中长期存在的文本中心论。人们不再只关注翻译过程中两种语言的信息交流功能，而是更关注译文的社会效应和交际功能，将译文的读者作为翻译过程中重要的考虑因素。倡导这一文化转向的一支重要学术流派是德国的功能主义学派。德国功能主义学派将翻译研究纳入跨文化交际研究，指出翻译涉及跨文化的一切语言符号与非语言符号的转换。德国功能主义学派的这一观点摆脱了文本中心理论的束缚，丰富了翻译理论。这一流派的重要代表思想就是诺德提出的功能翻译理论。诺德在前人的基础上系统论述了功能翻译理论，并对其进行了相应的补充和完善（Nord，2001：73-76）。

德国功能主义学派的兴起打破了翻译理论学界此前秉持的"对等原则"。该原则更多聚焦在对源文本的讨论中，强调源文本的特性必须在翻译过程中体现出来。对于源文件的过分重视使得译者面对不同类型的翻译文本时，需要采用不同的翻译标准，从而无法形成形式有效的体系。

德国功能主义翻译理论学说的几位代表人物对这一问题给出了自己的解决方案。在 1971 年发表的著作《翻译批评的可能性与局限性》（*Möglichkeiten und Grenzen der Übersetzungskritik: Kategorien und Kriterien für eine sachgerechte Beurteilung von Übersetzungen*）中，德国功能语言学派的凯瑟琳娜·莱斯（Katharina Reiss）率先将文本功能引入翻译批评，提出了"信息型""表达型"和"诱导型"三大功能文本类型，从而将文本类型、功能和翻译方法联系起来。莱斯批判了"对等理论"，认为前人关于"对等"的阐释往往只是讨论了文本对等的某些方面，没有考虑到全局。而要实现两个文本在各个层面完全意义上的对等和精确匹配，在逻辑上不成立，在现实中也是不可能实现的。莱斯指出，完全对等只能是一种理想状态。于是，莱斯放弃了语言学层面的文本对等，转而关注翻译过程中的交际功能和接受效果，强调以结果为导向的对等。莱斯提出了"恰当性"这一标准，用来描述源语文本和目的语文本之间的一种关系，以此衡量译本的质量，强调译者应该选择适合于预期读者群体的语言符号。在这里，赖斯的"恰当性"强调的是译文对于译文接收者的恰当性。为了实现这一恰当性，需要译者在翻译过程中持续关注翻译目的。只有当目的语的语言符号选择与翻译目的一致时，译本才满足恰当性。也就是说，如何评判译文是否满足了恰当性，需要看翻译目的。如果译文和翻译目的匹配，那么就满足了恰当性的标准。鉴于此，翻译目的是否和译文匹配这件事又该如何界定呢？翻译目的是什么又该由谁确定呢，是译者来确定翻译目的，还是译文的读者来确定呢？翻译目的的确定和翻译目的的最终实现一定吻合吗？而这些问题，在莱斯的理论中没有找到答案。此外，莱斯此处提出的"恰当性"，实则也是一种"对等"关系，它是超越了以往强调的"文本对等"而提出的一种"功能对等"，即翻译目的要求目的语文本与源语文本实现相同功能。这里的"恰当性"也是一种理想状态下的假设。

在莱斯理论的基础上，功能学派理论代表人物汉斯·弗米尔（Hans Vermeer）在其1978年发表的论文《普通翻译理论的框架》（Ein Rahmen für eine allgemeine Translationstheorie）中首次提出翻译研究的"目的论"学说，将莱斯理论中提到的"翻译目的"进一步体系化、理论化。弗米尔旨在用行为理论阐释翻译过程，指出翻译行为的本质应以社会文化为导向。翻译的方法和策略都由目的语文本的交际目的决定。

弗米尔从文本间的连贯性角度出发，认为"忠实"指的是连贯地转换源语文本信息为目的的翻译行为。强调译者在翻译的过程中，要对源文本信息进行解读即解码，并作为再生产者对信息进行编码以传递给目的语的受众。与"文本间连贯性"相对应的是"文本内连贯性"。克里斯蒂娜·沙夫纳（Christina Schäffner）对此进行了进一步阐释，她认为"文本内连贯性"是指目的语文本必须具有足够的连贯性从而能被潜在的目的语文本使用者所理解。这里提到的"文本内连贯性"是针对目的语文本的受众而言的。"目的语文本间连贯性"关注的是源语文本与目的语文本之间的某种对应关系，而"文本内连贯性"强调的是目的语文本与目的语文化情境之间的对应关系。因此，基于这一理论，译者对目的语文化的责任大于对源语文化的责任。

目的论的提出，削弱了对源文本"忠实"度的要求，强调在翻译过程中要重视翻译目的、文本功能、行为参与者和环境条件等要素的分析（Vermeer，1989：173-187），标志着语言学翻译理论的一次"总体转型"（Schäffner，1998：235）。但是，不等同于说此翻译理论仅关注目的语。"文本间连贯性"是信息转换过程中的一种目标，需要为翻译目的服务。"文本内连贯性"也要视情况而定，如果与翻译目的的要求一致，翻译行为中的"不连贯性"就必须保留。

诺德是德国功能主义学派的集大成者，在总结前人理论的基础上，系统地论述了德国功能派的翻译理论。从赖斯到弗米尔再到诺德，"忠实"概念的演化将翻译行为放到社会历史语境的中，从而使得功能主义实现了文化转向。针对功能主义存在的某些缺陷，诺德进行了补充完善，增加了另一个翻译准则：忠诚原则（Nord，2001：73 - 76）。

二、秉持忠诚原则——德国功能主义翻译理论学派的集大成者

德国功能主义学派的代表人物莱斯、弗米尔和诺德关于"忠实"均有不同的理解。莱斯首先从"功能"的角度，将"对等"形式下的"忠实"解释为特殊翻译目的下的产物，提出翻译行为中的文化诉求成为翻译过程中优先考虑的因素，超越了文本对等的翻译标准。"忠实"是一种在功能对等情况下的翻译目的。

弗米尔将"忠实"诠释为一种翻译行为，需服从于翻译目的的整体需要，受比其更高一级的目的比如与文化因素相关的目的所支配。弗米尔的目的论，将众多实用主义因素，比如客户的需求、翻译纲要、译文受众等考虑在内，认为一个源语文本可以按照不同的方式翻译以实现不同的目的，这种观点带有激进功能主义的色彩。诺德批评了这一做法，认为这是为了正当目的而不择手段的自由主义。这违背了译者应该具有的道德准则。于是，诺德为目的论复杂的人际关系加入某种规约性，提出了"忠诚原则"。这里的"忠诚"是指伦理因素，译者不仅对文本负有伦理义务（传统的忠实观），更是对人（信息发送者、客户、受众）负有保持忠诚的义务（张美芳，2005：60 - 65）。忠诚是在相互信任的基础上建立起来的一种人际关系，它是参与跨文化交际中各个主体相互依赖的一项指导性原则，是译者（参与者）作为负责人需要在跨文化交际过程中，与各位参与者建立起一种互相信赖的关系（Nord，2006：59 - 76）。"忠诚原则"是目的论的有益补充。诺德认为，应该将"忠诚原则"与"功能原则"一并考虑。译者需要既考虑受众对译本的预期以实现目的语交际功能，同

时还要尊重信息发送者，也就是源文本作者的交际意图，以便原作者的意图能够在翻译的过程中，通过译文展现出来。因此，忠诚原则决定了功能主义的翻译模式需要在任何时候都要考虑异种文化的特殊性。

诺德将"忠诚"置于人际关系范畴进行探讨，将"忠诚"诠释为译者在某种社会情境中协调人际关系的一项指导原则，指出"忠诚"的本质是译者对跨文化交际各方所负有的伦理责任。这一原则的提出使得功能主义完全摆脱了语言学对等理论的束缚，进入了对译者伦理的跨学科探讨，从而将翻译行为置身于更加广泛的社会历史语境中进行研究。此外，诺德还对功能主义理论进行了补充和发展。诺德在翻译的具体实践中——在翻译《圣经》的过程中，发现前人提出的文本类型的理论不能适用于《圣经》的翻译实践。《圣经》中包含的各类文本类型，比如寓言、书信、祷告等已经不适用于当下的文化语境。对此，诺德认为，重现源语文本中的文本功能没有必要，目的语受众必须依赖于目的语文本的功能。在此类翻译实践中，目的语文本的功能才是翻译过程中最重要的标准（Nord，2004：293 - 307）。

同时，诺德也没有否定源语文本以及功能的重要性。她认为，原作者的交际意图是一种特殊的文化因素，与客户、译文受众对于译本的预期呈现并列关系。译者作为一位跨文化使者，需要充分考虑各方的预期，协调各方诉求，以实现交际目的。而译者的这一职责，诺德称之为"忠诚原则"（Nord，1991：91 - 109）。诺德认为，翻译是服务于特定目的的行为，译者需要对源语文本的发送者和目标语文本的接受者"忠诚"。这一翻译理论打破了以源语文本为中心的基于对等或等值的语言学翻译理论，从译文环境出发，将翻译视为一种有目的的活动，注重读者对译文的接受效果。她将翻译过程描述为"循环模式"，即在循环模式的指导下首先对原文进行分析，并在分析的基础上确定翻译策略，从而生成目标语文本。以德国为代表的功能主义翻译理论的主要内容是翻译行为需达到的目的决定着整个翻译行为的过程，归结起来就是结果决定方法。诺德本人的翻译实践和基于翻译实践提出的忠诚原则是基于人工翻译得出的。人工翻译的优势在于人是有思维的，具有灵活性，翻译过程中对句子结构、语法应用以及上下文的逻辑思想等都可以自由地分析思考。那么，这样的理论在人工智能的背景下是否也适用，又有哪些应用的可能性呢？

三、在人工智能的时代背景下对诺德的功能翻译理论的新思考

人工智能翻译也就是用计算机实现从一种自然语言——源文本到另一种自然语言——译文的转换。互联网时代，人类产生的语言文字数据量激增，基于互联网大数据、各种算法和统计公式的机器翻译研究不断向前推进，比如最具代表性的 GPT3 模型（Brown，2020：1877－1901）。研发出的机器翻译系统已经进入实际应用领域，这不仅触发了机器是否可以等于同翻译员，从而取代翻译员翻译工作的讨论，而且也为翻译理论研究是否适用于当下的机器翻译带来了新的思考。

（一）机器翻译与翻译理论的内在联系

人工智能在翻译领域的应用表现为机器翻译。人工智能语境下机器翻译的理念和翻译理论之间关系紧密。机器翻译，就是一个解码后再编码的过程，如早期的 seq2seq 模型（Sutskever，2014：3104－3112）。如果要把德语翻译成中文，就要先把德语原文解码成"神经代码"，再编码生成中文。近年来，加入了"深度学习技术"（Yann，2015：436－444）等人工智能的机器翻译，已经不再简单地将一个个单词翻译成另一种语言，而是可以像人一样，不断向前回顾以理解结构复杂的句子，并且结合上下文，理解每一个代词的具体指代含义。实现这种功能分别依赖于常见的两种神经网络架构，一个是循环神经网络（Recurrent Neural Networks，RNN）（对比 Wu，2016），另一个则是谷歌 2017 提出基于自注意力机制的 Transformer 架构（Vaswani，2017：5998－6008）。接下来我们将具体论述这两种神经网络是如何服务机器翻译的以及它们与翻译理论的关系如何。

循环神经网络和机器翻译。循环神经网络的关键在于循环系统通过"记住"上一次输出的内容，来决定下一次输出，循环往复。在神经网络

中，输入和输出的信息被看作相互关联的时间序列，而非孤立存在。通过以往的序列关联猜测到下一个序列会出现的词，实现循环的神经网络。通过这一过程，就实现了翻译理论中提到的实现"句子内部连接"的需求。比如谷歌翻译所应用的长短期记忆网络（LSTM）更加强了这一点（Hochreiter，1997：1735－1780）。长短期记忆网络通过一系列计算将句子中的各个元素的特征构建成非线性的组合，同时还设立了"遗忘机制"，将权重较低的元素遗忘掉。这就意味着 LSTM 可以"更新"记忆，让长期依赖因素不断地存在于距离较近的神经元中。笔者认为，长短期记忆网络（LSTM）的运用实现了翻译实践中文本层面的对等。但是，诺德翻译理论已经远不止要求实现"句子内部连接"的翻译对等，而是对译者提出了伦理要求，需要其将翻译各方的社会文化背景考虑在内。

基于自注意力机制的 Transformer 模型和机器翻译。自注意力机制Transformer 模型 2017 年由谷歌大脑发表于论文《你所需要的是自注意力机制》（*Attention is all you need*）一文（Vaswani，2017：5998－6008），Transformer 模型被设计专门用于克服循环神经网络机器翻译中训练耗时和并行计算执行困难的弱点。和传统的 LSTM 相比，Transformer 模型提出了一种新的编码方式，运用多头注意力技术以确定语义信息、运用位置编码以确定词的位置信息。多头注意力机制整合多个自注意力模型来关注每个位置词语的语义，但是这种机制并没有考虑单词的先后顺序，因此位置编码被用来标记词语的位置先后顺序信息。该模型放弃了传统的时序结构，大大提高了并行运算的速度。继 RNN 模型之后，Transformer 模型是机器翻译领域的重大发现。机器翻译可以不断优化翻译效率，节约时间成本。而诺德翻译理论没有考虑到翻译的时间成本问题。

（二）机器翻译对诺德翻译理论的促进和补充

第一，机器翻译可以最大化实现诺德翻译理论中的"忠诚原则"。诺德的功能翻译理论中提出的主要原则，比如"忠诚"原则和翻译的跨文化性考量，都是对译员本身的要求。人工智能通过机器学习能够使计算机依据统计学方式无限趋近于人的思维。那么，人工智能下的机器翻译也应该满足诺德的功能主义原则。有批评的声音认为，诺德的翻译理论要求太过苛刻，译员受到自身能力和知识储备的限制，在翻译过程中做到完全的忠诚是"几乎不可能的事情"。针对这一问题，人工智能语境下的机器翻译具有明显优势。因为在互联网背景下，可以收集的数据量足够大，通过合理的信息提取，机器可以自行寻找在翻译实践中发挥功效的策略流程，并最终完成翻译任务。此外，机器学习还可以实现情感等多种维度分析。调动用户对错误翻译结果主动纠错并建立用户数据库以优化机器翻译的表现。此外，建立强大的垂直领域数据库和好的数据抽调模型也会有助于解决每个具体专业领域的翻译问题。在真实的翻译实践中，通过翻译工作者的数据库的合理构建和设计，对特定的翻译项目，纳入特定需要考虑的源语言和目的语文化背景和原作者背景等。那么，训练机器翻译的跨文化交际能力和在不同文化语境下对翻译工作的"忠诚"是可以实现的。同时需要承认，被误解是翻译实践中的常态。人类语言的复杂性众所周知，人尚且有误解的时候，机器翻译也不能幸免。诺德翻译理论中的翻译目的、忠诚原则只能无限接近，不可能完全达到。

第二，人工智能可以对诺德翻译理论进行有益补充：翻译效率应该纳入翻译理论的构建。诺德翻译理论，乃至整个功能学派的翻译理论都是强调翻译目的（比如目的论），以提高翻译质量为目标，但是这个目标没有将翻译过程的时间维度考虑在内。机器翻译的一大特点是精准，精准的特点完美符合了翻译理论中的"对等原则"。但是因为机器翻译以庞大的数据量为基础，能够达到的对等效果在理论上来说是远远超于人工翻译的。笔者认为，在市场经济背景下，翻译作为服务各方的活动，除了要做到诺德理论中提到的对各方的忠诚之外（包括客户），也应当尽可能地高效。高效率也应当作为翻译质量评价的标准之一，纳入翻译理论。翻译的高效率可以带来更自由的跨文化交流，这也是译者在翻译过程中作为跨文化使者应该关注的要素。

第三，人工智能可以具体化并拓展诺德翻译理论的应用场景：为翻译实践提供多模态的互文性语境。根据诺德翻译理论，译员需要具备跨文化意识，需要考虑源语言和译文的文化语境等因素。以往的翻译实践中，这些信息的获取非常困难，但是在人工智能的时代背景下，这些翻译要素可以被系统化建构。与翻译文本相关的信息，包括结构化（如数字、符号等信息）和非结构化（全文文本、图像、声音、影视、超媒体等）信息可以被收集、存储和加工。译员可以在翻译实践中，通过这些关联数据挖掘信息。比如在进行术语翻译时，可以快速系统地查找到密切相关的因素，进行跨学科的信息整合。以新冠肺炎和新冠病毒术语翻译标准化为例，基于网络、数据库检索、图文等互文性语境，以及现有相关研究，分析在科普和学术论文场合的翻译惯例，可以更全面地归纳标准化该术语的翻译。笔者认为，诺德翻译理论虽然强调了译者需要有跨文化性，但是对这种跨文化性的具体表现没有详述。在人工智能的时代，这种跨文化性落实到具体的翻译实践中可以体现在多模态文化性上。人工智能背景下多模态数据库的建立为诺德翻译理论提供了翻译实践中的互文性语境。比如Transformer可以用于机器翻译和计算机视觉，但是目前只能应用于单独一个场景，比如要么用于文字翻译，要么用于视频提取信息。至于在互文性多模态的应用还没有出现，原因可能是还没有这方面的大型数据库。

第四，深度学习的"自注意力"强调了对翻译过程动态性的重视。在没有使用人工智能以前，对于源语言文本的理解主要靠译者，需要译者依靠自己的知识储备去考量，但是没有强调翻译过程本身也应当被重视。在深度学习中，比如近期较为热门的基于Transformer的"自注意力"方式，翻译过程本身就是对源语言文本理解不断修正的动态过程。这一过程是对诺德翻译理论的重要补充，诺德翻译理论和此前的翻译理论均没有考虑到。

（三）诺德翻译理论对机器翻译提出的新要求

第一，从诺德翻译理论到机器翻译的伦理问题还有待考量。诺德的翻译理论中对译员的伦理要求可以通过大数据统计和合理的设计转嫁到翻译机器本身，对翻译实践中各方需要的考量等，都可以通过建立数据库才设定标准。在现有技术下，我们可以通过深度学习，掌握自动学习特征和任务之间的关联，并从简单特征中提取复杂的特征，得到翻译各方感兴趣的资料，以最大化考虑诺德翻译理论中提出的对译者的伦理要求。但是在通过大数据技术采集各类信息时，应该要考虑到信息的安全问题和个人的隐私保护等伦理问题。在基于内容的推荐系统中，项目或对象是通过相关的特征属性来定义，系统可以学习用户的兴趣。在这一点上，机器学习可以更加了解翻译各方的目的和需求。但是，在这个过程中，个人逐渐丧失隐私，如果智能系统掌握的敏感数据被盗取，或者过分投客户所好而使得翻译失真，那么另一个层面的伦理问题将会凸显（周翔，2020：34 - 38）。

第二，翻译中对美学的追求有待完善。不论是诺德功能主义翻译理论还是人工智能，翻译中在对美学的追求上，都还有很多可以完善的地方。诺德功能主义翻译理论强调的忠诚原则，没有突出对审美的要求。在文学文本的翻译过程中，对美学的要求较高，而对美的评价本就是主观的。机器翻译可能导致翻译出来的文本缺乏美感，失去源语言本身的魅力。虽然前文提到，人工智能背景下可以实现在翻译中考虑源语言文本的情感、思维，但是这种考量的主要目的仍然停留在"忠实"地翻译原文，对译文的美学追求仍然没有得到重视。笔者认为，不同专业领域对美学的要求也不尽相同。未来的机器翻译可以考虑针对不同的专业领域进行有针对性的算法设置，比如对于自然科学领域或者法律文本，译文追求精确表达应该是更重要的任务。而对于社会科学领域比如文学，追求美感显得尤为重要。同样，对于诺德功能翻译理论的理解和应用也不必完全照搬，而应在不同的翻译场景中有侧重点地运用。

在实际翻译的过程中，目的语文本的受众与源语文本不对应，并且目的语文本想要实现的交际目的与源语文本的交际目的也不相同。在这一过程中，源语文本的某个或某些特征可能被有意识地改变，以便服务于目的语的受众，实现目的语的交际目的。

四、总结与展望

在西方翻译理论呈现文化转型的大背景下，德国的诺德功能翻译理论独树一帜，影响深远。在人工智能时代，机器翻译将逐渐取代人工翻译，成为未来翻译实践的趋势。

　　德国诺德功能翻译理论对机器翻译提供了理论指导，比如可以从更多维度实现译者"忠诚"的原则，可以考虑翻译过程中的各方要素比如读者的需求等，以明确翻译目的。但是考虑到诺德翻译理论对译者的要求非常高，译者需要考虑到翻译实践中的各个方面，成为跨文化使者，在具体实践中很难完全实现。机器翻译为诺德理论中"忠诚"原则的最大化地实现提供了可能性。它将诺德对人类译者的要求，转化为对机器的不断训练，将对译者各方面知识素养的要求，转化为各类具体的数据库和知识图谱以及通过不同的算法实现对数据库中图文信息的抓取。

　　与此同时，机器翻译也为诺德翻译理论的构建带来新的启示。机器翻译非常注重翻译的效率问题。笔者认为，对于翻译耗时的考量应当成为翻译理论构建中的一部分。因为，用时的多少直接影响翻译的时效性和读者需求。此外，在翻译实践中，不同的学科领域对翻译美学会有不同层次的要求。这一点在诺德翻译理论中虽然没有强调，但是可以通过算法和数据库架构设计在机器翻译中实现。随着时代的发展，诺德翻译理论中提到的对译者的伦理要求可以转嫁到对机器翻译进行架构设计。在机器翻译的数据采集与使用中又出现了新的伦理问题，比如数据版权问题、数据生产者的隐私问题等。这些问题会成为未来机器翻译需要解决的一个要点。

参考文献

［1］ASHISH V, et al. Attention is all you need, Advances in neural information processing systems ［C］. London：MIT Press, 30, 2017.

［2］CHRISTINA S, Skopos theory ［J］. Routledge encyclopedia of translation studies, 1998, 17：235－238.

［3］CHRISTIANE N. Translating for Communicative Purposes across Cultural Boundaries ［J］, 翻译学报, 2006, 9（1）：59－76.

［4］CHRISTIANE N. Translating as a purposeful activity：a prospective approach ［J］. Teflin Journal, 2006, 17（2）：131－143.

［5］CHRISTIANE N. Scopos, loyalty, and translational conventions, Target ［J］. International Journal of Translation Studies, 1991, 3（1）：91－109.

［6］HANS J V. Ein Rahmen für eine allgemeine Translationstheorie ［J］. Lebende Sprachen,

1978, 23 (3): 99 - 102.

[7] HANS J V. Skopos and commission in translational action [J]. The translation studies reader, Ed. Lawrence Venuti, London & New York: Routledge, 2021: 219 - 230.

[8] ILYA S, ORIOL VINYALS, QUOC V. LE. Sequence to sequence learning with neural networks, Advances in neural information processing systems [C]. London: MIT Press 2014 (27).

[9] KATHARINA R. Möglichkeiten und Grenzen der Übersetzungskritik: Kategorien und Kriterien für eine sachgerechte Beurteilung von Übersetzungen [J]. Vol. 12. Hueber, 1971.

[10] YONGHUI W, et al. Bridging the gap between human and machine translation, arXiv preprint arXiv, New York: Cornell University, 2016, 1609: 08144.

[11] SEPP H, JÜRGEN S. Long short-term memory, Neural computation [J]. 1997, 9 (8): 1735 - 1780.

[12] TOM B et al. Language models are few-shot learners. Advances in neural information processing systems [C], London: MIT Press, 2020, 33: 1877 - 1901.

[13] STEFANO A, ROBERT H, E., Similarity and difference in translation: Proceedings of the International Conference on Similarity and Translation [C]. Rimini: Guaraldi, 2012.

[14] YANN LE C, YOSHUA B. GEOFFREY H. Deep learning [J]. London: Nature, 2015, 521 (7553): 436 - 444.

[15] 张美芳. 功能加忠诚——介评克里丝汀·诺德的功能翻译理论 [J]. 外国语, 2005 (1): 60 - 65.

[16] 周翔. 人工智能伦理困境与突围 [J]. 哈尔滨师范大学社会科学学报, 2020 (6): 34 - 38.

作者身份的回归与中国著作权

SAE TANG WATTHANA

内容提要：本文聚焦德国媒体理论家贾柯·席塞尔（Giaco Schiesser）关于"作者之死"之后作者身份的论述，结合罗兰·巴特（Roland Barthes）、米歇尔·福柯（Michel Foucault）对作者身份的观点，从作者理论出发对三位学者的观点进行分析和解读，并以如今中国互联网社会这一庞大创作环境作为研究背景，对如今作者身份的回归和变化加以论证，同时为受到作者身份影响的著作权以及相关法律文本以作者身份为核心的建构提供理论支撑。

关键词：作者理论；作者身份；著作权

Title：The return of authorship and Chinese copyright

Abstract：This paper focuses on German media theorist Giaco Schiesser's discussion of authorship after the "death of the authors" and combines Roland Barthes' and Michel Foucault's views on authorship. We analyze and interpret the opinions of the three scholars from the authorship theory and use the vast creative environment of China's Internet society as the research background to argue for the return and change of authorship nowadays and to provide theoretical support for the construction of copyright and related legal texts with authorship as the core, which is affected by authorship.

Key words：Authorship theory, Authorship, Copyright

一、"作者之死"后的作者理论

在如今人们的版权保护意识逐渐增强的背景下，中国创作者们也越来越重视自己的作者身份并争取自己的权益，所以对作者身份的诠释变得尤为重要。虽然如今在中国对作者身份的讨论与理解尚有欠缺，由于理解的不足使得法律文本对作者身份的诠释也有空缺，使得不少创作者们失去自己合法有效的作者身份，但可以发现越来越多的创作者意识到对作者身份讨论的重要性，且不仅仅拘束于对法律文本的诠释，更多地是对作者身份本身概念的讨论。为此，本文从作者理论的角度出发，通过对新时代作者身份的解析，证明作者身份对创作者们的重要性。

罗兰·巴特的《作者之死》（Barthes，1977：142 - 148）给文艺批评界对作者和读者的相互关系的理解带来了重大转折，而米歇尔·福柯的《何为作者》（Foucault，1969）将这一话题提升到了另一个高度。贾科·席塞尔所撰写的《作者之死以后的作者身份》（Schiesser，2007）则从后现代作者理论角度出发，通过对巴特与福柯的相关理论的再解读，论述了如今作者身份的变化与发展。本文将解析三人观点的异同，并以此为基础分析新时代中国作者身份与著作权的关系。从罗兰·巴特的"作者之死"理论开始，西方作者理论经历了新一轮的变迁，在此之后，他的观点在批判中被认可：米歇尔·福柯在接受认可罗兰·巴特作者理论观点的同时对其进行批判与继承，并提出作者功能论（Autorfunktion）。要理解作者身份的变化和发展，重读两位哲学家的理论是十分必要的，这也是席塞尔作者身份研究的重要理论基础（Schiesser，2007：20）。

（一）巴特与福柯的作者理论

席塞尔认为巴特以及福柯都在反对传统的作者身份。罗兰·巴特认为作者只是整理一个领域中所有碎片化信息的人，使作品具备多样性的其实是读者，读者的出现伴随着作者的死亡，遂将文本的定义的主动权交给了读者（Schiesser，2007：21）。福柯则认为仅仅谈论作者的消失或死亡是不够的，还必须找到作者消失后留下的空间，并探寻这种消失所带来的空位和功能（Foucault, 1969）。为此，福柯提出了属于他的作者理论——作者功能论（Autorfunktion），这是福柯在讲座①中提出的一个重要概念，不过在讲述这个概念之前，福柯还提及了作者姓名（Autorname）与一般人的姓名，并将两者区分出来（Foucault, 2007：84）。一般人的姓名不会因所指代对象的改变而改变，而作者姓名与特定文本产生联系，这些文本的共性和风格都源于作者姓名并由作者姓名决定，一旦这些特定文本的作者姓名发生了改变，这个作者名字所代表的含义也随之改变。作者功能论中，作者姓名依附于文本中，且作者姓名可以为这些文本归类，在这之中，作者则成为一种特殊的话语功能，而不再是创作的主体（Schiesser, 2007：25）。福柯将作者直接从创作主体这一指称抽离出来，是对罗兰·巴特关于作者仍是创作主体这一观点的批判。

（二）席塞尔对作者身份的探讨

席塞尔认为对作者身份的讨论应被带入"网络社会"，在这个社会中，作者身份的形式变得更加复杂，席塞尔援引了安德鲁·本内特（Andrew Brennet）的说法，意在说明巴特与福柯的观点不足以论述当今作者身份的变化。福柯认为作者功能论是必要的，同时也是过时的，也就是说作者功能论是对作者身份的新思考，但要借此论述作者身份的变化却是过时的，这一观点同时也反驳了罗兰·巴特的主张：作者和读者要么生，要么死，决定权要么在读者手中，要么就在作者手中。这种两极矛盾的态度，显然不是席塞尔所希望的（Schiesser, 2007：29），为什么作者和读者就不能同时存在合二为一呢？席塞尔论述了如今作者身份的变化以及趋势，特别是在网络社会，一种以合作为主导的作者身份已然形成，合作作者也将成为对作者身份思考的重要方向（Schiesser, 2007：30）。

---

① 此处所说的讲座指的是福柯的《什么是作者》：Michel Foucault, «Qu'est-ce qu'un auteur?», conférence de M. Foucault, Bulletin de la Société française de philosophie, 63e année, n°3, juillet-septembre 1969, 73 – 104.

席塞尔援引了列夫·曼诺维奇（Lev Manovich）的《黑匣子》一书中的论述，即在新媒体文化（互联网文化）下会产生一系列的新的作者模式，集体作者（Kollektive Autorschaft）和合作作者（Kollaborative Autorschaft）便是属于这个文化之下的产物，它们的出现不仅旨在更好地解释文艺作品上的创作模式，同时还用于解释消费者和生产者之间的新型关系以及新型的分配模式（Manovich, 2005：7）。席塞尔强调这些新的创作模式并非对具有绝对权威的个人作者的贬低和排斥，这些新的作者模式的出现使得个人作者摆脱以往所赋予的创作主体的光环，即摆脱个人作者对其作品的绝对话语权（Schiesser, 2007：32）。个人作者仍作为作者模式的重要组成部分。作者独断的光环被剥夺并不意味着作者的死亡，而是对新的作者模式的一种适应。更重要的是，席塞尔认为当前对作者模式的理解的和定义都是暂时的（Schiesser, 2007：32），需要不断思考出新的作者模式。

1. 合作作者身份

随着网络社会的逐渐兴起，合作作者也逐渐向其他创作形式辐射。在讨论合作作者（kollaborativer Autorschaft）之前，还需要提及集体作者（kollektive Autorschaft）这一作者身份。最纯粹的集体作者是指一起创作艺术作品或集体创作文本的一群作者。集体创作只有群体身份，个人在群体中处于次要地位，但是个人的风格会在整个群体中传播（Brunner, 2018：49）。合作作者与集体创作的形式是大致相同的，但合作作者的形式主要出现在数字文本和作品，以及线上创作上，合作作者能够发出一种"声音"，这种声音能够为观众，听众以及读者提供信息，同时也可以得到合作所带来的反馈，这种声音从一个群体中发起，并最终成为一种公众的声音（Brunner, 2018：59）。

弗洛里安·黑尔特林（Florian Hartling）对网络社会中的各种新的作者身份都有深入的研究，在这之中的分布作者身份（Dissoziierende Autorschaft）作为一种特殊的作者身份出现，其特点是，由于每位作者的职能过于分散而导致作者身份的强烈分离。这使得分布作者身份创作的作品会比合作作者创作的作品拥有更广泛且更多样的作者群体，这些作者的职能是由不同的个人以及"*dispositif*①"（配置）承担的（Hartling，2004：231）。虽然分布作者身份中的创作者的职能被强烈分离，但是在配置的框架运作下，分布作者呈现的仍然可以是一种合作的创作模式，皆因在互联网的"配置"之下，即便分布在不同地方，相互之间都能产生联系，可见"配置"扮演着决定性的角色。

2. 作者身份与配置

为了更好地对作者身份在互联网社会中的各种形式进行分析，黑尔特林引用了福柯关于权力相关理论中的一个概念配置（Foucault，2003），黑尔特林认为配置作为分析媒体文化的一种分析模式，可以让网络社会中截然不同的要素结合起来，如技术、社会政治，以及与内容相关的审美要素等。配置的引入有利于对网络社会的作者身份进行深入研究。福柯谈及配置概念的一个要素就是网络（*le réseau*）。网络是配置（*dispositif*），是如话语（*des discurs*）、制度、法律、决策、哲学、建筑形式、调控的策略等一系列复杂要素所建立起来的网络（Foucault，2001：194）。同样地，黑尔特林还指出这种配置模式符合互联网这一概念，即互联网作为一个媒体配置的模式（Foucault，2001：215），我们就可以将作者还有互联网都可以理解为对社会具有效用的配置工具，虽然作者和互联网都作为配置工具，但黑尔特林援引克里斯托弗·胡比格（Christoph Hubig）的话语提出，两者的等级并不相同，确切地说，互联网是一个更高等级的配置，而作者只是涵盖其中的一种相对低等级的配置工具（Hubig，2000：4），那么我们就不难理解作者的各种行为也都是在互联网的配置之下。

---

① *dispositif* 曾在英语翻译中存在很大争议，2010 年 Jeffrey Bussolini 认为应该将其翻译成 dispositive，德语也是采用 Dispositiv 这一近似翻译，其意义为"决定性的"，除此之外也有人认为可翻译成 appratus，中文意思为"装置"。"配置"这一翻译是笔者通过阅读台湾政治大学学者林群越对 dispositif 的解析得来的。在林群越文章中他表示：他通过对福柯对 dispositif 的直接描述，加上其他学者对其的解释综合定义的中文意义。

二、中国网络社会作者形式——合作作者与分离作者

在巴特的观点中，作者手中的文本的解释权或是决定权被读者夺取，虽然这种两极化的思考存在问题，但必须承认，读者对作品的干涉变得越发频繁。近年来在中国影视行业展开了剧情结局以及作品角色的命运由观众来决定的模式。早在 2014 年，一部名为《匆匆那年》的电视剧就制定了结局由观众来决定的机制，开始了合作式作者的创作模式（对比王钲，2014）。尽管这种合作性的艺术水平还比较低，但互联网上还是不断涌现新的合作模式。这种新的模式也会更加倾向于"合作"这一概念，但是这种新的模式不采取直接把作者剔除在外这样简单粗暴的做法。黑尔特林从配置角度的论述为我们对作者和读者之间关系的辨析提供了更多的思考。在互联网的配置之下，读者和作者的互动拥有了更多的可能性，两者均作为互联网配置下的重要一环，作者身份的回归是必要的，与互联网中其他要素产生联系并不断寻求新的配置模式和策略，以达到该配置下更有力的合作。

除此之外，在中国的视频网站哔哩哔哩，分离式作者（Dissoziierte Autorschaft）的模式逐渐发展。手机游戏开发公司"鹰角"为吸引更多的玩家，鼓励二次创作的作者们利用游戏原有的故事背景、人物角色等进行创作，并获得应有的收益。作者作为话语功能不应是现实生活中简单的指称，而始终会催生"第一人称复数（pluralité d'ego）"，即"多重自我"，这是作者功能的特点之一，通俗来讲作者作为话语功能时会产生作为叙述者的"我"还有作品中的"我"，笔者认为一旦作为叙述者的"自我"改变，那么作品中的"自我"也会随之而改变，这也符合福柯对作者姓名与专名之间的区分（Foucault, 1969：89）。在二次创作者眼中，作品已经不再完全由原作者所控制，他们也能够对作品加上自己的理解并创作出理想的作品。结合福柯与黑尔特林的观点，作者在作为一种特殊话语的同时，也是在互联网之下的一种配置模式，作者也将具有配置的要素。那么我们便可以认为作者作为配置时具有异质性（hétérogène）和策略性

（*stratégique*）这两个要素，福柯将前者定义为各种异质要素之间的一场位置转变和功能修正的游戏（*un jeu*），我们似乎可以将合作作者身份理解为这样一场游戏，即：其中作者、读者以及二次创作者的位置会发生转换，不同身份之间的功能也因配置不断修正，而后者则被福柯表述为配置所拥有的一种支配性策略功能（*une fonction stratégique dominante*）（Foucault，2001：195）。作为配置的作者具有策略性的要素，这在合作作者和分离作者中都能体现出来。特别是分离式作者，黑尔特林认为，即使有强烈的不相干的作者身份，作者也不可能在网上消失（Hartling，2004：231），就如"鹰角"公司作为作品的原作者仍然具有支配性的策略功能，二次创作者不能脱离"鹰角"单独存在，仍然需要原作者提供更多创作要素才能继续创作。

三、新作者身份与著作权的矛盾，以"阅文"为例

创作形式的复杂多样所带来的作者身份的多样性使得人们对作者身份的理解出现了滞后，信息获取的滞后性使得作者身份的解释权被权威的机构和个体所用。更重要的是，我国对著作权的解释也无法跟上作者身份的复杂变化，人们理解上的滞后以及法律上解释的滞后所带来的矛盾是显而易见的。不过在讨论这一矛盾之前，首先还是要厘清作者身份与著作权两者的关系。

（一）作者身份与著作权

在拉丁语语境下，作者（*auctor*）可以被理解为"权威（Autorität）"（对比 Merriam-Webster，2022），那么其衍生出来的作者身份（Autorschaft）就是拥有这份权威的证明。作者身份这一概念最早出现在 18 世纪的欧洲（DWDS，2022），在启蒙运动以及民族资产阶级文学的熏陶下，欧洲的文学创作环境发生了质的改变。伴随着印刷技术的发展，人们对文艺作品有了更多更高的需求。逐渐地，作品的创作者拥有了"作者财产（Eigentum des Autors）"（Vladimir，2001：85），在作者以及作者身份概念出现之前，创

作者对他们的作品并不拥有所有权，只能被认为是作品手稿的所有者，这意味着作品一旦交付出版商，作者就不再拥有该作品（Tuschling, 2006：34）。最初的作者身份的产生与那些受到贵族资助的艺术家或创作者们想要脱离原本的雇主并进行自主创业以及自主售卖有关。所以这时候有必要制定一种相比于与贵族形成的雇佣关系更能突出其作者身份的契约关系，以保护艺术家和创作者们在商业活动中的利益，这时候就需要相关的法律来保护创作者们的作者身份（Vladimir, 2001：85）。随着"作者财产"的概念逐渐从占有物质，转移到占有作品的"知识层面（geistige Substratum）（Vladimir, 2001：85）"，著作权（Urheberrecht）逐渐形成，它一般会被认为是保护作者知识产权的法律，它不仅规定了作者的权利，还规定了作品利用者的权利，当然它也是为了确保作品创作者对其作品的使用获得适当的报酬（BMJ, 2016）。而在当今中国《著作权法》第十条中解释了著作权包括人身权以及财产权，分别保护了作者的精神层面、知识层面以及物质层面的权利（全国人大，2020）。

回归到福柯对作者功能特征的论述："作者功能是一系列复杂的运作的结果，这种运作过程在不同历史时期是不同的，它取决于时代和话语类型的差异而变化（Foucault, 1969：89）。"在如今的网络社会中，以传统的作者身份很难处理如今作者身份与著作权两者的关系，而中国作为网络文学高度发达的国家，发布作品的平台方和作者是一种合作作者的形式，平台方负责出版、发行和宣传。网络文学的合作写作项目不仅将互联网用于出版和发行，也将其作为一种沟通和互动的媒介。这类文学的一大特点是，模糊读者和作者之间的传统关系，甚至将其消解掉；网络文学另一大特点就是邀请并鼓励每一位读者亲身参与写作过程（Hartling, 2004：232）。

2020年5月，中国网络文学巨头阅文公司，因为人员变动，新接管的高层颁布了几项新的规定，其初衷是打造一个免费阅读的平台以取代原本的订阅这种收费制度。"新合同完全没有把我们网文创作者当作者，就像是免费产出文字的机器人。"新合同颁布后一位作者对平台方这样控诉道。中国文化和旅游部对"阅文"平台方的处理公告显示（中国文化和旅游部，2020），阅文集团的霸王合同事实上违反了《著作权法》第十条著作权包括人身权、财产权，并且人身权不可转让的内容。而根据中国《著作权法》第十条描述，人身权主要指的是《著作权法》第十条规定的发表权、署名权、修改权和保护作品完整权等四项权利，这些均属人身权，人身权是能够表明作者身份的权利（全国人大，2020）。

（二）合作作者著作权的分割：全版权时代

新的合同中备受争议的条款中的一条就是，作品的版权全归阅文集团，网络文学作者对作品的权利需要独家授权给平台方，即作品的著作权归平台方管理①，平台方要求的是作者享有的著作权中的财产权授权给平台方，但平台方承诺作者仍然保留其作者身份。财产权显然是作者享有的著作权的一部分，在《著作权法》第十条中，财产权包括改编权、发行权、表演权和摄制权等涉及经济活动的权利（全国人大，2020），这些权利的具体表现是平台方有权对网络文学进行影视作品的翻拍、动漫游戏的制作，以及周边产品的开发等一系列经济活动。这被一众互联网公司称为"IP（知识产权）全版权"（张琳，2014；陈飞，2017）开发，《著作权法》第六十二条明确指出，本法所称的著作权即版权（全国人大，2020）。"全版权"指的是由网络文学平台方和企业发起的一种对作品 IP 全方位的开发，即对上述的财产权进行统一管理，以达到效益最大化。但"全版权"概念的产生有着法律动因并体现着严格的法律关系，具有法律上的意义（张琳，2014）。规训配置（pouvoir disciplinaire）（Foucault，2006）是福柯在论述配置概念时设想的一种实践形式，它是规训权力（dispositif disciplinaire）（Foucault，2006：47）与配置（dispositif）概念的结合。"阅文"的做法似乎逐渐往这一形式迈进。以规训权力的概念进行理解，首先规训权力要求的是作者的全部（Foucault，2006：46）。从著作权来看，平台方利用规训权力不仅试图掌握作者的财产权，而且还试图越

---

① 内容来自某在阅文平台匿名创作者提供的"阅文"事件相关信息，摘自 https：//www.zhihu.com/question/391970757/answer/1196747944。

界地掌握其人身权。可以看出，规训权力意在掌握作者的所有权利，且规训权力具有一种广泛性，这种广泛性将个体细化成不同的部分，以便权力所有者更方便地进行管理和掌控。通过权力的运作这种广泛性能充分操纵个体（作者）并索取全部（Foucault，2006：47），作品的著作权的解释权被平台方掌握。通过规训配置的模式，作者的每一项权力都受到约束。如同全版权所呈现的一样，作者的作品几乎被平台方一手包办，平台方可以对作品进行不同性质的操作，如改编、翻拍、制作衍生作品等。规训配置绝对是拥有其积极意义的①，福柯设想的规训权力意在更有利于社会的管理，如果规训权力无法得到合理的运用，就会让被支配的一方受到严重的制约。

（三）对人身权的进一步剥夺

《著作权法》第十条规定："作为精神权利的，即本法所称的人身权，与作者的身份密切相关，专属于作者本人，一般情况下不能转让。"（全国人大，2020）但是"阅文"试图从作者那里剥夺这一权利，原因是平台方提出的"续写②"问题，这要求原作者放弃自己的作者身份。目前的《著作权法》中并没有规定明确的权项，因为《著作权法》中没有明文规定"续写权"，平台方才能趁机剥夺作品作者的著作权，平台方擅自在与作者的合同中将"续写权"定义为著作人身权，这样平台方就剥夺了作者的著作人身权，甚至可以要求作者放弃其人身权，让作品交由另一人继续写作。正因如此，文化和旅游部对"阅文"平台的裁决的文件中认为"阅文"平台违背了人身权不可转让的情况，阅文平台擅自更换作品的创

---

① 福柯在《规训与惩罚：监狱的诞生》（*Surveiller et punir: Naissance de la prison*）中描述了规训配置的实践例证，即在中世纪时期西方世界对鼠疫的治理和管控上，管理者运用了规训配置的模式，如分区控制疫情，以全面管控鼠疫，尽可能提高病人的生存率。参看 Foucault, Michel（1975）. *Discipline and Punish: the Birth of the Prison*, New York：Random House. pp. 156-162.

② 网络文学中的续写概念指的是合同中有条款约定，平台对作者续写的内容质量不满意时，另外安排其他人续写。解释摘自：https：//news. sina. com. cn/s/2020-05-10/doc-iircuyvi2369901. shtml.

作者，使原创作者失去人身权，这也意味着原作者与平台方的合作作者身份瓦解。虽然中国法律有保护合作作者的条款，在《著作权》第十四条规定"合作作品的著作权由合作作者通过协商一致行使；不能协商一致，又无正当理由的，任何一方不得阻止他方行使除转让、许可他人专有使用、出质以外的其他权利，但是所得收益应当合理分配给所有合作作者"（对比李星郡，2020）。"阅文"之所以能够地提出越界的条款，原因是在作者和平台方这种合作作者关系中，平台方和作者之间的关系不是传统典型的法律关系，这是作品新的创作和传播方式产生的一种新型关系，这种关系带有各种类型的法律规范规定的权利义务关系的特点，这种特殊关系怎样处理能够实现双方双赢或者多赢，需要平衡他们之间的权利义务（对比李星郡，2020）。在笔者眼中这种新型关系可以视作平台方与创作者之间的合作作者身份，由于传统的法律关系难以解释合作作者身份这种模式，使得双方在行使权利以及履行义务时难以获得权衡。如果平台方想要拥有作者身份，那么他应该履行作为合作作者之一的义务，与同样拥有作者身份的创作者进行合理协商，而不是单方面地进行掌控和约束。

换句话说，如果从配置的角度来看，"阅文"所扮演的角色是无法确定的，平台方作为作者"配置"，他应该是与创作者以合作作者方式享有作者身份。但是无论从平台方的所谓"全版权"还是对创作者人身权的剥夺，平台方似乎凌驾于作者之上，不在合作作者的框架之下。如果平台方是作为在互联网配置下区别于作者配置的另一种配置，那么它不应该拥有作者身份，也理所应当地不享有著作权带来的保护。从作者功能论来看，作者是被占有的对象，平台方扮演的角色更像是作为占有这一话语功能的个体。福柯表示，话语的发出者需要承担法律中的责任（Foucault，1969：85），如果平台方是作者话语的发出者，那么掌握著作权的平台方则需要承担法律的责任。然而，作者身份的回归并没有体现在目前中国著作权法中，作者身份在法律文本中的缺席使得平台方在不拥有作者身份的情况下享有著作权，也使得真正的创作者无法有效地表明自己的作者身份。鉴于此，合作作者与分离作者这种在网络社会中作者身份的新形式便难以在法律层面得到体现、规范和保护。

四、著作权发展与展望

早在 2001 年，美国一家非营利组织指定了知识共享协定（Creative Commons, CC；德语 Gemeinnützige Organisation），意为共同创作和知识共享与流通，扫清在内容共享中出现的法律相关矛盾，创作者们能够自由地使用不同作者的作品以进行自我创作，但前提是需要给予合理的署名以保证知识授予者的权利，这为合作作者身份开辟了新的道路。但该条例中也明确提到，"您不得适用法律术语或者技术措施从而限制其他人做许可协议允许的事情"（Creative Commons, 2022），国家应该为创作者们提供相关的法律保护以更好地衔接由于知识共享许可协定导致的法律真空。那么以作者身份为核心的著作权法改革就势在必行。根据中国《著作权法》，署名权，即表明作者身份，在作品上署名的权利，属于著作权中的人身权的权利，是保护思想层面的作者，也就是作者身份的权利（全国人大，2020）。回到福柯的作者功能论对作者姓名和一般姓名的区分，一般姓名可以从话语的内部移向产生这一话语的外在的实际个人；而作者的名字始终处于文本的轮廓之内，区分各个文本，确定文本的形式，刻画出它们的存在模式的特征。它指的是某些话语群的存在以及这种话语在某个社会和文化中的地位。作者名字并非一个不变的因素，作者姓名的出现代表着文本的特定风格：私人信件有个署名，但他不能算作作者；一份合同也可能会有个签约方，但也不是作者（Foucault, 1969：84）。仅仅署名难以表明创作者们的作者身份并为其提供保护，更何况目前很多在网络创作的作者都是以虚拟名字命名，这也让如"阅文"等平台方无视著作权中人身权的规定，僭越作者的著作权。

在 2020 年 5 月的全国人大会议上，全国人民代表蒋胜男认为现行《著作权法》中第十条第（二）项中标注的署名权（对比刁静严，2020），存在法律规定概念不清、层次混乱的问题，而且在作品上署名的权利只是署名权的一部分而非全部，而署名权又只是表明作者身份权的一部分也非全部，所以难以用"署名权"来覆盖作者身份权。在我国现行著作权法架构下，能与保护作品完整权、发表权、修改权等第一层次的著作权人身权等量齐观的，应该是"保护作者身份权"或称"作者身份权"，而不应该是"署名权"。将署名权表述为作者身份权，才能更有效地保护作者著作权和鼓励原创，促进我国文化产业的发展（对比刁静严，2020）。这说明作者身份回归的讨论在法律文本中也应是必要的，与人大代表蒋胜男持相同观点的知识产权学者陶鑫良认为"保护作者身份权"包括主张其作者身份的权利，也可用以排除、对抗任何否定其作者身份之行为的权利（陶鑫良，2020：50）。"署名权"应是"保护作者身份权"的一种方式，创作者可以通过署名以主张自己的作者身份或不署名以隐藏自己的作者身份。这种做法是将著作权引入作者身份的语境框架下，讨论作者身份而不仅仅局限于作者署名，从而更有效地处理如今的作者身份形式。福柯在的演讲中认为巴特宣告"作者之死"留下空缺，这难以解决一些遗留的关键问题，他还提到了哪怕作者作为一种话语，是被支配的对象，也需要受法律的约束（Foucault，1969：85）。作者身份的回归正视了中国著作权目前出现的问题，著作权需要作者身份的回归以更有效地处理目前不同形式的作者模式下创作者、读者与平台方之间的这些网络社会中的关系方。为此，中国的著作权需要继续贯彻数字化改革进程。

2011 年，以德国为代表的欧盟就开始为著作权的现代化改革而努力。经过数年的努力，在 2016 年以德国为主要成员的欧盟针对著作权进行数字化改革，其主要目的是在欧盟范围内贯彻数字化的单一市场，并最终在 2019 年 3 月通过这项改革。这项数字化改革优化并有效保护了互联网时代创作者的著作权。这一改革引起了国内媒体的广泛关注，人们意识到这一改革的前瞻性（对比张今、田小军，2019）。欧盟这一做法是对互联网配置作用的重视，这项改革对互联网中的创作内容，特别是教学资源在跨境教学中的运用进行了进一步规范，使得这些资源能在充分保护作者身份的前提下更合理地运用（对比王进，2019）。研究这一改革的学者王进认为，这正是中国著作权法所空缺的，他认为中国的著作权法没能反映知识产权发展的时代特点，不足以应对数字技术变化带来的新挑战，作品创作者、用户、资源整合平台方（如"阅文"）的合法权益未得到有效的区分和保障，使得彼此间的利益冲突不断（王进，2019：74）。对作者身份回归的讨论不应仅限于著作权中，相关机构更应该重视互联网配置作用下不断变化的作者身份，这也是推动著作权法数字化改革的必由之路。

五、结语

本文跟随席塞尔的角度对巴特与福柯等人对作者以及作者身份进行思考后发现，对作者身份的探讨始终是必要的，虽然我们不应该如巴特所认为的两极矛盾，但他对作者的"死亡宣告"就是对传统作者以及作者身份的合理思考，作者身份的回归不应该是回到原点的闭环，而是一种螺旋上升的进步，当然著作权需要适应创作形式和作者身份的不断变化而逐步完善。在中国这一网络创作高度发达的社会中，作者身份以合作作者、分布作者等各种形式回归。为了保护创作者的作者身份，对著作权的诠释也应顺应这一变化，并逐步完善相关法律。最重要的是，对作者身份的思考不应该停止，也不应该简单粗暴地让作者身份再次"缺席"，应以新的角度不断诠释、应对和保护不同社会发展阶段出现的作者身份。

参考文献

[1] Merriam-Webster. com Dictionary. Auctor [DB/OL]. [2022 – 07 – 15] https：//www. merriam-webster. com/dictionary/auctor.

[2] Berlin-Brandenburgischen Akademie der Wissenschaften. Autorschaft [DB/OL]. [2022 – 07 – 15]. https：//www. dwds. de/wb/Autorschaft.

[3] BRUNNER N. 1+ 1：Autorschaft in temporären Zusammenarbeitern der zeitgenössischen Kunst：Louise Bourgeois und Tracey Emin, 3 Hamburger Frauen, Jonathan Meese und Albert Oehlen, Guyton \ Walker [D]. München：Universitätsbibliothek der Ludwig-Maximilians-Universität, 2018.

[4] Bundesamt für Justiz. Urheberrechtsgesetz vom 9. September 1965（BGBl. I S. 1273）, das durch Artikel 7 des Gesetzes vom 4. April 2016（BGBl. I S. 558）geändert worden ist [G/OL]. 2016. [2022 – 07 – 15]. https：//www. gesetze-im-internet. de/urhg/BJNR012730965. html.

[5] CHRISTOPH H. „Dispositiv" als Kategorie [M] //Internationale Zeitschrift für

Philosophie, Stuttgart：Metzler，2000.

［6］COLIN G. The Confession of the Flesh ［G］//Power/Knowledge：Selected Interviews and Other Writings 1972 - 1977. New York：Pantheon，1980.

［7］FLRIAN H. Online-Autorschaft zwischen Personenkult und Marginalisierung：Zum Einfluss des Dispositivs Internet auf die Formierung neuer Autorschaftsmodelle ［J］// FLORIAN HARTLING, SASCHA TRÜLTZSCH. SPIEL：Siegener Periodicum zur Internationalen Empirischen Literaturwissenschaft. Frankfurt：Peter Lang，2004, pp. 209 - 238.

［8］GIACO S. Autorschaft nach dem Tod des Autors：Barthes und Foucault revisited ［G］// CORINA CADUFF, TAN WÄLCHLI. Autorschaft in den Künsten：Konzepte － Praktiken － Medien, Zürich：Zürcher Hochschule der Künste，2008：20 － 33.

［9］JEANINE T. Autorschaft in der digitalen Literatur ［D］. Bremen：Institut für kulturwissenschaftliche Deutschlandstudien，2006.

［10］LEV M. Black box：white cube ［M］. Berlin：Merve Verlag，2005.

［11］MICHEL F. Discipline and Punish：The Birth of the Prison ［M］. New York：Random House，1975.

［12］MICHEL F. Dispositive der Macht：Über Sexualität, Wissen und Wahrheit ［M］. Berlin：Merve Verlag．1978.

［13］MICHEL F. Le jeu de Michel Foucault ［M］//Dits et Ecrits III. Paris：Gallimard，2001.

［14］MICHEL F. Psychiatric power ［C］//GRAHAM BURCHELL. Lectures at the Collège de France 1973 - 1974，New York：Palgrave Macmillan，2006.

［15］MICHEL F. Was ist ein Autor ［M］//JENS IHWE. Fischer-Athenäum-Taschenbücher. Frankfurt：Fischer Taschenbücher Verlag GmbH，1998.

［16］MICHEL F. Qu'est-ce qu'un auteur ［C］//Bulletin de la Société française de philosophie. Paris，196：73 - 104.

［17］ROLAND B. The Death of Author ［M］//STPHEN HEATH, Image Music Text. New York：Hill and Wang，1978：142 - 148.

［18］陈飞. "腾讯"实行"IP"全版权开发的相关研究 ［D］. 上海：上海社会科学院，2017：26 - 27.

［19］王钲.《匆匆那年》将收官：国产周播剧首推大结局观众定 ［EB/OL］.（2014 - 09 - 16）［2022 - 07 - 13］. https：//yule. sohu. com/20140916/n404363280. shtml.

［20］刁静严. 全国人大代表蒋胜男："署名权"应改为"保护作者身份权"［EB/OL］，中国城市网，（2020 - 5 - 30）［2022 - 07 - 13］. http：//www. zgcsb. com/m/2020-05/30/content_ 181015. html.

［21］李星郡. 权威专家详解"阅文事件"［EB/OL］.《财经》E 观察，（2020 - 05 - 20）［2022 - 07 - 13］. https：//news. caijingmobile. com/article/detail/416190? source_ id＝40.

［22］林群越. 从福柯与德里达在《古典时代疯狂史》中的争论谈"空间配置的考古学" ［D］. 台北：台湾政治大学哲学研究所，2014.

［23］署名 4. 0 国际（CC BY 4. 0）［EB/OL］，Creative Commons. ［2022－07－13］. https：//creativecommons. org/licenses/by/4. 0/deed. zh>.

［24］陶鑫良. 论"署名权"应改为"保护作者身份权"［J］. 知识产权，2020（5）：15－21.

［25］王进. 欧盟《数字化单一市场版权指令》的例外与限制制度解读及对我国的启示 ［J］. 科技与出版，2019（10）：70－75.

［26］中华人民共和国文化和旅游部."阅文"网络合同违规［EB/OL］. ［2022－07－15］. https：//www. mct. gov. cn/wlhdjl/hdjl_ detail. html？mailId = 59d7cad5d4834e71a 272983e6b36c02f&type = dflb&laiyuan=0.

［27］张今，田小军. 欧盟著作权法改革与中国借鉴［J］. 中国出版. 2019（6）：61－64.

［28］张琳."全版权"运营模式之法律探究［J］. 传播与版权. 2014（7）：164－165.

［29］冯涛，刘静波. 中华人民共和国著作权法［G/OL］. 中国人大杂志社，（2020－11－19）［2022－07－15］. http：//www. npc. gov. cn/npc/c30834/202011/848e73f58d4e 4c5b82f69d25d46048c6. shtml.

［30］全国人大信息中心. 中华人民共和国著作权法释义：第二章《著作权》第一节"著作权人及其权利"［G/OL］.（2002－07－15）［2022－07－13］. http：//www. npc. gov. cn/zgrdw/npc/flsyywd/minshang/2002-07/15/content_297587. htm.

"表演主义"理论

——后现代以后文学理论的一个尝试

薛　原[*]

内容提要：自"理论已死"以后，当代文艺理论是否已经进入一个新的时代？我们将如何理解这一时代的特征，又该如何为这个时代命名？德国慕尼黑大学艾什曼教授做出了富有价值的尝试。艾什曼的《表演主义》是系统研究后现代以后文艺理论的著作。本文首先以"表演主义"为主要研究对象，厘清"表演主义"产生的背景，解析它与同期出现的类似文艺理论的异同。其次，展现表演主义脉络复杂的哲学支持，提炼出这些哲学思想与德里达、德勒兹为代表的后现代哲学思想的异同。再次，详细解析艾什曼理论中的诸多核心概念，即符号、主体、框架和升华，并将其运用到小说文本诠释。最后，探究"表演主义"所折射的当今西方人文文化语境的变迁并分析其原因。

关键词：表演主义；后现代以后；主体；框架；升华；明示符号

Abstract：Since Eagleton's After Theory, contemporary theory of literature and art has entered a new era. How shall we understand the characteristics of this era, and how to name this era? Professor Eshelman of the University of Munich, Germany, has made a valuable attempt. Eshelmans "performatism" is a systematic study of post-postmodern literary theory. This

---

[*]　薛原　上海交通大学外语学院。

article first takes "performatism" as the main object of study, clarifies the background of "performatism", and analyzes the similarities and differences between it and other literary theories. Secondly, this article will show the complex philosophical support of "performantism", and the similarities and differences between these philosophical ideas and the postmodern philosophical thoughts represented by Derrida and Deleuze. Then, this paper will analyze many of the core concepts in Eshelman's theory, namely, symbols, subjects, frameworks and transcendence, and apply them to the interpretation of novels. Finally, this article will explore the changes of current Western culture and analyze the reasons.

Key words: performatism, post-postmodern, subject, frame, transcendence, ostensive sign

纵观文学史，社会现实的变化和新哲学思潮的产生都将催生文学理论和批评研究的更新。在后结构主义批判和解构一切的风潮过后，文学研究者和评论家们渐渐发现，后现代主义的思考和分析方法已经不完全或不适用于文学作品的诠释了。加之相当一部分学者的新的研究成果已经凸显诠释文学作品的强劲功能，后结构主义的方法原则在文学批评研究中的地位渐失，后后现代主义文学理论研究渐成气候，成为西方文学理论研究的新方向。

一、后现代之后与表演主义

20 世纪 90 年代以后，无论 9·11 事件后反恐战争爆发，还是金融危机和社交媒体的大行其道都使得以开放和多元为主要特征的后现代文化在西方各个文化圈（主要是欧美文化圈）内受到质疑因而逐渐走向没落。取而代之的是政治领域的新保守主义（薛原后现代，2016：132）；经济上的反全球资本主义和消费主义倾向以及文化领域的反"多元文化"倾向。越来越多的西方理论家们分别从社会学、文化学、媒体学、艺术学等角度，提出后后现代（post-postmodernism）这个概念。①

俄罗斯语言文学学者米哈伊尔·爱泼斯坦（Mikhail Epstein）认为后后现代文化是脱离了无休止的，剥离了意义和目的的后现代式的反讽（irony）的乌托邦主义（utopianism）（Epstein 1999）。美国学者克里斯蒂安·莫阿鲁（Christian Moraru）的泛现代主义（Cosmodernism）认为标志后现代的怀疑主义给西方社会带来的社会意识的分裂和对抗之后，西方社会逐步走向一个趋于和谐的意识整体（对比 Moraru，2011）。德国学者克里斯托夫·里德维格（Christoph Riedweg）编辑的论文集《后现代以后——关于文化、哲学和社会的最新讨论》（2019）中认为后后现代出现的时间是在"911 恐怖袭击"和"金融危机"以后。西方社会文化各个领域出现的危机意识集中体现为一种对多元文化主义的批判和反思，他认为在文化、政治、社会和哲学等领域内出现了摒弃后现代式的理想主义，"回归现实"或称"新现实主义"的倾向。英国学者阿兰·柯比（Alan Kirby）的数字现代主义（digimodernism）将高科技数字化革命视为导致后后现代社会（也就是当今社会）快速、简单、肤浅和空虚的罪魁（Kirby 2009）。

综上所述，这些概念都批驳了一些典型的后现代主义的流弊，即怀疑主义、极端个人主义和文化相对主义。学者们虽感到当今社会与后后现代社会已经大相径庭，但后后现代的出现不意味着后现代已经完全终结，后后现代是扬弃了后现代的一些思想精髓后的嬗变。

新时代的文学呼唤新的文艺理论体系。一些后后现代的文艺理论学者宣布典型的以"反讽"为主要特征的后现代文学正在逐渐消亡（Mclaughlin 2007：103）。玛丽·霍兰德（Mary Holland）在《延续后现代主义——美国当代文学中的语言和人道主义》中认为"21 世纪的美国小说无论看起来、读起来还是感觉起来都与 20 世纪的后现代文学大相径庭"（Holland 2013：1）。霍兰德将 21 世纪的新小说视为一种人道主义和现实

---

① 以下对后现代以后时代特征和文论总结的部分节选自薛原：《新世纪中西方文艺理论构建概述》，《中国社会科学院研究生院学报》，2016 年第 6 期，第 82—83 页。

主义的结合，是对后现代反人道主义（antihunmanistic）①的反叛。虽然如此，霍兰德把这些新现象视为后现代的延续，而不是颠覆。倪克琳·提莫（Nicoline Timmer）的《你也感觉到了吗？世纪之交的后后现代美国文学症候》等作品中以作家为例描述了当代美国文学中使主体（自我）"重新人性化"（Timmer 2013：23）（rehumanization）的策略。在这一主题下，作者列举了后后现代文学中 19 个与后现代文学相左的特征，其中包括后后现代文学中的主体和框架构建等。两本著作虽然都对后后现代美国文学做出了相当有益的尝试，但始终没有完全摆脱后结构主义语言学的分析方法和分析思路。所以，两部著作虽然已经向前迈进了一步，但终究缺乏实质性的进展。瑞士伯尔尼大学的英国语言文学学者伊尔姆陶德·胡伯（Irmtraud Huber）在专著《后现代以后文学——重塑的幻想》（2013）中将反叛和颠覆视为后现代文学的第一宗罪，她将后现代定义为缺乏乌托邦的时代。所以，她把后后现代的新文学中的叙事策略定义为重新定向和美学重构。在经历了后现代文学以后，新文学并没有退回到传统意义上的现实主义，而是在现实中构建出一个美的乌托邦。这些文学批评理论著作植根于文学文本的分析，有较强的针对性和适用性，但作者往往囿于自身所处的文化圈，强调某一个文学现象的重要性，但缺乏全局视野，结论有时未免失之偏颇。

综上所述，"后现代之后"的西方理论专著中主要出现了以下两种理论构建思路。首先，一些理论家们进一步消解了文艺理论和文化理论的界限，他们从语言学、社会学、历史学、地理学和人类学等领域观察和描述"后现代之后"的文化走向，并援引文学和艺术领域中的例子，来佐证他们对时代的诊断和预测。其次，另一部分理论家或以开放的眼光汲取其他学科的成果来构建和丰富自己的文艺理论，或从美学、伦理学或哲学等领域中另辟蹊径，寻找到诠释文艺作品的新角度。最后，在这些理论中，话语建构主义（discursive constructionism）已不再是人文学科领域研究的关键词，"现实主义"以新的方式回归；在政治、文化、哲学和伦理等各界

———————————

① 后现代的"反人道主义"是指对"自由人文主义"的颠覆。

则出现了回归"统一"和"一元化"等哲学概念的倾向。

《国外理论动态》全文刊发了一篇荷兰学者题为《元现代主义札记》① 的文章。这篇文章正式宣告了"后后现代"（或如该文提出的"元现代" metamodernism）这一概念在中国人文学术界的登陆。文章认为在元现代的实践中"最杰出的代表当属劳尔·艾什曼（Raoul Eshelman）教授的表演主义"②。究其原因在于：艾什曼作为身处德国学界的美籍斯拉夫文学学者，具备了跨文化、跨学科和跨语言的视野。他同时受到德国、美国和斯拉夫文化和文学的影响，对不同文化有着天然的敏感，这无疑反映到表演主义的理论构建中去。艾什曼在 2000 年系统提出表演主义理论之后，又在八年时间内相继将其运用到多种语言文学和多种媒体现象的诠释中，大大地扩展了表现主义理论的适用性，使得理论与实践相结合，并推进了理论的进一步发展。③

艾什曼认为，自 20 世纪 90 年代末起，曾经在人文社会科学领域内独霸一时的后现代主义和解构主义所倡导的开放性和多元性正逐渐为新的封闭性和单一性所取代。这些在文学和艺术领域内出现的新现象，虽不能说与后后现代哲学理论转向同步出现，但两者所代表的一些典型特征可以说是异曲同工，不谋而合。从研究方法上来说，艾什曼在归纳总结新时代文学新现象之后，将其进行总结、分类和归纳。艾什曼从文学现象入手，回到哲学理论，再从哲学理论反观文学现象，形成了实践与理论紧密结合的批评理论体系。艾什曼并非要发展一套放之四海而皆准的理论，而是整合几个不同但相关的领域，即文学、媒体和艺术中出现的共同倾向，形成了一套系统性的理论体系。艾什曼用符号、主体、框架和升华等概念的互动关系来诠释后后现代欧美文学、电影和建筑学等领域内的共同的新现象。

---

① 原文载瑞典期刊《美学与文化》（*Journal of Aesthetics & Culture*），2010 年第 2 期。

② 艾什曼在其著作《表演主义，或称后现代主义的终结》（*Performatism, or The End of Postmodernism*，简称《表演主义》）中滥觞表演主义（Performatism）理论。虽然是否可以将艾什曼教授的表演主义理论纳入所谓元现代概念还需商榷，但文章对表演主义的评价并不偏颇。

③ Eshelman, Raoul, *Der Performatismus oder die Kulturentwicklung nach dem Ende der Postmoderne*, in Berliner Osteuropa Info 17 (2011), pp. 53 - 55.

本文将主要厘清表演主义的哲学渊源以及表演主义在文学中的体现和运用。下面我将归纳和分析表演主义的哲学支持。

二、表演主义的哲学支持——新的符号概念，框架和升华

一个时代的文艺作品从形式、内容到技巧，多少与当时的哲学思潮相契合，是作家秉持的哲学观和世界观的反映。哲学是指导更新文艺理论的重要理论依据，而文艺理论往往是构建在哲学和文艺的辩证关系之上的。艾什曼汲取各家理论所长，摒弃各家所短，构建出一套能够有效诠释后现代以后新的文学现象的理论体系。所以，表演主义和当代哲学思潮的联系是紧密的。它在哲学上主要汲取了原初框架、球体空间理论、给予理论和明示符号理论[①]等概念的养分。

艾什曼的表演主义的第一个哲学理论来源是美国著名社会学家尔文·戈夫曼（Goffman）的"框架"概念[②]。艾什曼认为，戈夫曼虽非后现代以后才出现的哲学家，但他的理论提供了很多反后现代因素。首先，戈夫曼认为人与人的互动始于行动的互动场景（physical scene of action）而不是语言。其次，与德里达的"矛盾框架"（frame of paradox）不同的是，戈夫曼的框架是原初的、可继续生成的。他在所谓"原初框架"（primary frameworks）的基础上可以生成更多理解复杂人类思维和行为的框架，如："惊骇框架"（astounding complex）可以解释为何人类在遭遇反常事件时通常会联想到超自然的源头；通过所谓"糟糕框架"（flubs）可以判定一个动作是不是一个错误；"紧张框架"（tension）则可判断一个行为是否在社会允许的范围内，还是应被视为性骚扰。这些框架概念都具有辅

---

① 艾什曼在著作和论文中引用了相当多具备反后现代特征的理论家，主要有 Erving Goffman 和 Boris Groys。这里囿于篇幅的限制，只介绍最有代表性的几位。艾什曼在他的框架理论中融入 Goffman 的基本框架和 Groy 双重框架（the archive；the profane）。

② Erving Goffman, *Frame Analysis: An Essay on the Organization of Experience*, London: Harper and Row, 1974, p. 21.

助理解人类基本行为的功能①。

　　德国哲学家彼德·斯洛特戴（Peter Sloterdijk）提出"球体空间"（Sphären）理论②。斯洛特戴认为所有的人类文明都起源于球体空间之中，无论是孕育生命的子宫还是类似于人体免疫系统的气泡都是区别于后结构主义哲学的空间概念。斯洛特戴的泡沫概念很容易让人联想起德勒兹的后现代式的块茎空间概念。斯洛特戴甚至将泡沫称为带有内部空间的块茎（Binnenraum Rhizome）。当然，这两者之间有着本质的区别：块茎是没有中心、不规则、非决定性和无法预料的。而斯洛特戴泡沫性结构中的每一个气泡都被薄膜相互隔绝，薄膜的共享让它们又不得不处于一种共存关系之中。对于这种泡沫式结构，斯洛特戴发明了一个新词：共存式隔离（Ko-isoliert）。这种全新的共生的概念具有明显的整体性和一元性，与后现代主体之间的隔阂和间离有本质的区别。除此之外，斯洛特戴表明泡沫之外有更高的空间存在，从而赋予球体内在的和升华的空间。斯洛特戴虽然摆脱了后现代的思维惯性，甚至有较为明显的反后现代思想③，但他的理论主要来源于科学史和人类学，很难直接运用于文学诠释。艾什曼将戈夫曼和斯洛特戴的反后现代的、整体性的框架概念融合到自己的美学理论框架中去，使得表演主义更适合后后现代新文学的诠释。

　　如果说神和升华空间的概念在斯洛特戴那里不甚清晰，那么法国现象学及天主教神学家让吕克·马里翁（Jean-Luc Marion）的神学现象学则给表演主义提供了更加明确的框架概念。马里翁认为德里达对马塞尔·莫斯（Marcel Mauss）的"给予"概念的解构虽然极具思辨性，但是莫斯认为德里达对于构建一个新的"给予"概念毫无兴趣。德里达的目的是解构"给予"概念来继续实现他对形而上的解构。马里翁的"给予"虽然吸取了德里达对"给予者""被给予者"和"礼物"统一的整体关系的解构，但他用"变形"和"图像"两个概念重新构建了二元框架。虽然"给予"

---

① 　Ibid., pp. 28－30
② 　Peter Sloterdijk, *Sphären I*, *Blasen*, Frankfurt am Main: Suhrkamp, 1998, p. 17－45.
③ 　斯洛特戴在论文集《论现时》中更加清晰地阐明了后现代以后的特征。

的框架概念与艾什曼的框架概念基本契合，但马里翁将"升华"也就是"主体"成长仅仅框限在神学范畴内，使得其思想的适用范围受到了限制（Marion，2002）。

最后，通过引入美国文化学和人类学家埃瑞克·甘斯（Eric Gans）提出的"明示符号"概念（ostensive sign）（Gans，1997），艾什曼将戈夫曼的"基本框架"概念提升到了符号学层面，并弥补了斯洛特戴框架概念和马里翁"升华"概念的缺陷。

甘斯借助一个虚拟的原初场景，解释欲望如何使得人类语言和文明产生。在原初场景中，原始人通过发出声音或用手势表达自己占有实物（食物或是性交对象）的意图，这个行为会被在场其他觊觎实物的原始人模仿并传播。如果越来越多的人模仿这一意图占有的动作，并将他人视为实现欲望的阻碍，暴力就可能会发生。这时，当有人意识到不可能不冒生命危险独占实物时，为避免暴力，他对实物的占有意向手势的模仿有可能逐渐演化成对实物本身的模拟和抽象。如果这一新的模仿行为被他人认可，继而被模仿和传播的时候，则称其为明示符号。由此可见，明示符号暂时分散和延迟了人们对实物本身的注意力，缓和了对占有手势的简单模仿带来的暴力（薛原，2015：29）。

甘斯的"明示符号"是德里达延异概念的人类学解读和反叛。这主要体现在：首先，"明示符号"是直接指向实物的符号，所以符号和实物是一对一的关系，只有在看到实物时，才明白符号的指向。相对于后结构主义符号系统中开放的、不确定的、延迟的意指关系，明示符号则是一个封闭的、固定的、在场的符号整体。其次，"明示符号"强调主体和实物之间的联系。人通过对实物的模拟、投射、抽象和表达，重新成为创造和传播符号的主体。除此之外，甘斯也认为"明示符号"还关联了两个领域，即人类世俗的物质社会与神圣的、升华的意识领域（薛原，2015：28-30）。

艾什曼将"明示符号"运用到对后后现代文学现象的解读中，与自己提出的叙事学概念相整合，将符号、主体、框架和升华作为他的理论大厦的四个支点。艾什曼和甘斯思想的区别在于，艾什曼致力于将社会学、哲学、文化学和人类学概念进行美学化，以服务于对文艺作品的诠释。

在后后现代语境下，很多理论家都以美学作为自己理论的重要坐标。为了探究后后现代文学评论的美学倾向，我们有必要简单回溯一下后现代主义的发展史。后结构主义理论家（德里达、福柯、拉康和德勒兹）和他们的追随者都曾经在理论构建中吸取过尼采的权力批判。尼采认为，宗教、美和真理等西方话语只是为了隐藏权力追求的一场错觉。所以后现代和后结构主义者眼中的美往往只是虚伪的表象，这从德里达在《绘画的真理》（Derrida，1978）中对康德的讨论，福柯在《词与物：人文科学考古学》（1966）中对"知识"的倚重、对"美"的厌弃中都可见一斑。所以，从 20 世纪 90 年代开始，试图构建后后现代主义的理论家开始重新解读美学，比如伊莱恩·斯卡里（Elaine Scarry）的《论美和公正》（1988）。后后现代文学评论中的美学倾向虽然源头各不相同，但它直接或间接地与康德关于直觉之美（或称直觉）的美学批判有关。众多后后现代理论家们之所以重读康德为的就是摒弃后结构主义理论中反美学倾向，而提供一种直观的、美好的、人与人之间的交流话语。美学所带来的正面的感官体验对反后现代认识论有着极其重要的意义。艾什曼认为在后后现代的新文学中，康德式的直觉之美扮演着塑造主体的作用。美的体验也使主体超越和升华自我，最终塑造自我。新文学中的主体塑造大多遵循这一模式。

上述社会学家和哲学家在人类学、现象学、神学、伦理学和美学中找到新的优势结合点，从而开拓出了新的话语领域。这些学者往往在他们的理论中援引和分析文学中的例证，论证自己理论的适用性。所以这些理论本身就与文学有着天然而不可分割的联系。艾什曼吸收的上述理论的共同点在于：第一，他们定义了人类文明诞生的原初场景。在这一场景中至少有两个人置身其中，他们之间的沟通是直接的、直觉的，而非言论和语言的。这对抗了自 20 世纪初以来语言学转向以后的以语言为中心的哲学理论倾向，同时挑战了后结构主义的语言学理论根基。第二，这些理论都在一个人类行为的原初场景的基础上延伸出了一个可以诠释后后现代艺术、伦理、宗教和现实的系统理论。这种基于人类学与社会学的对人类文明的诠释有别于德里达的"延异"对人类语言和文化起源的定义。第三，这些理论体系中都提出主体实现自我进步和发展，从内在的、世俗的领域（或框架）进入升华空间的可能性。这与后现代语境下在"能指"链条中不知所终、深陷言论的泥淖、丧失自我行动力的主体截然不同。第四，在这些理论中那些与后结构主义理念相左的"在场""中心"和"美"等概念都以新的方式回归。

三、表演主义作为文艺理论

后现代以后，文学理论在叙事方法上出现了对典型后现代文学作品的反叛。后后现代的文学虽然可能在形式上仍然大量使用互文、戏仿等后现代元素，但写作方法上已经偏离了典型后现代小说模糊作者意图的创作方法。后现代式的、缺乏目的性的、只为创造出某种特殊文本效果的"互文蒙太奇"，在后后现代文学的语境下，为文本的中心议题与作者核心价值取向服务。后后现代作家大多拒绝叙事上的反讽（irony）、嬉戏（playfulness）和不确定性，力图使作者或"隐含作者"（implied author）、叙事者与读者之间重建信任关系。

艾什曼认为越来越多的作家在文艺作品中构建出一个美学的框架，使得读者能够从美的感受中得到感召、爱和信仰。组成这一美学框架的要素往往有一个位于中心的明示符号、模糊主体，以及"内在"和"升华"两个框架。这一构建与后现代式的"反讽"与"嬉戏"大相径庭，与现实主义文学的风格也相去甚远，这是一种全新的文学现象。

首先，艾什曼认为无论在文学还是电影等艺术作品中，都出现了一系列单一稳定的，难以、不可或拒绝被"言论"（discourse）控制和塑造的新主体。他们使得福柯式的言论构建成为泡影；而主体的超越升华则有力地反抗和否定后现代的虚无主义和怀疑主义。他将主体在特定框架和场景中的超越、升华和构建，称为"表演"。由此可见，新文艺中的主体"表演"和后现代文艺中的主体解构是截然不同的。"框架是构成美和体会美的必然方式。内在的将被转送到外在区域。"（Eshelman，2008：3）

一个强迫性的、人造的统一的作品框架，我称其为"双框架"。这两个紧密相连的框架，我称其为"外框"与"内框"，外框为读者或观众提出了针对作品中问题的单一解决方案。一个作品教条式的外框一般做这样两件事情：它暂时将我们从无止境的、开放的、不可控制的前后文中分离开来，然后强迫读者回到并确定作品的某一细节。在这种情况下，我们（读者）将会面对两种可能性。要么，我们会发现一种反讽将从内部打破文本人为构造出的统一性；要么，我们会找到一个关键场景（或称内框）来确定"外框"的强迫逻辑（coercive logic）。（Eshelman, 2008：3）

艾什曼认为前一种情况仍然归属于后现代，后一种情况则属于后后现代。前者打破文本的统一性，使得文本意图"无处安身"，后者则运用一个被构造出的"内框"和"外框"之间的统一和对应关系来确立文本意图。

当无论是随意的、还是教条的外框从外部强加于文本之上，而内框则建筑在原初场景上，它将人类的行为"减低"（Reduction）到一种非常基础和基本的人与自然、人与人之间的关系。虽然这种"减低"发生在许多截然不同的外部场景中，但我发现这种"减低"可以用甘斯所提出的"明示符号"概念（ostensivity）来解释。甘斯的"明示符号"假设了一种可以被认为是"美"的瞬间。明示符号使得我们在究竟将"符号看作实物"或是将"实物看作符号"之间游移不定："我们总想象着通过符号来掌握实物，但同时认识到实物的'不可获得性'，而只能获得它的'中介性'和'符号性'。"（Eshelman, 2008：5）

这也就是说，当人的注意力和情感集中在分辨究竟是符号还是实物，同时意识到实物不可获得时，便产生了一种直观审美的效果。这被艾什曼称为"表演的同义反复"（performative tautology）（Eshelman, 2008：6）。

由此可见，明示符号与结构主义以及后结构主义的符号大相径庭，明示符号无关语言符号，而是一种直观的、涉及实物的感知符号，它是"原初场景"，由它可以延伸出其他更为复杂多变的符号。在后后现代的文艺作品中，明示符号处于文本的中心，成为一种人物的投射。这也就是说，不同的人物将自身的经历、心理、情结、梦魇或是期望投射到一个"明示符号"上去，这可以是一朵花、一本书或是一只动物，也可以是指涉实物但更复杂难以描述的符号。艾什曼在其著作《表演主义——或者说后现代的终结》中用奥斯卡获奖电影《美国丽人》来说明后现代以后的文艺作品中符号、框架和升华之间的相互关系。艾什曼认为，在《美国丽人》中的原初场景（明示符号）是一个被里奇（Ricky）拍摄的白色的塑料袋。之后这个塑料袋出现在主人公莱斯特（Lester）的葬礼上。里奇对他的女友简（Jane）说这个白色的塑料袋就是所谓"圣洁"的代表：

> 那是一个离下雪还差一分钟的日子。你几乎可以听到空气里的闪电，对吗？这个（塑料）袋子就像与我在跳舞。就像一个小孩子在祈求与我一起玩耍，大概有这么十五分钟。就是在那一天我意识到某些事物背后是整个生命，有一种不可思议的仁慈的力量让我从此以后不再畏惧任何东西。（Eshelman，2008：7）

里奇这个人物通过望远镜对主人公莱斯特（Lester）进行细致观察，成为莱斯特生命的参与者。作为电影中除莱斯特以外的另一个全知叙事者，里奇与莱斯特建立了一种几乎透明的、无障碍的沟通模式。两人曾在不同的场合宣称"生活是美好的"。这个白色的塑料袋成为里奇、里奇的女友简和莱斯特三个人共同的情感经历，因此成为三人共同的心理投射。他们都将其视为"神秘、圣洁的自然法则的代表"（Eshelman，2008：7）。

典型的表演主义的主体被认为是"愚钝的"和"不透明的"。这也就是说，表演主义的主体是一个自我封闭的整体，不参与社会和周遭环境的互动，从而有意识或无意识地拒绝语言、言论和权力对其进行影响和塑造。而这样一个愚钝的、不透明的主体在社会中行走，必将招来敌意、排挤和倾轧。如果整个社会转而对这个"单一"和"愚钝"的主体进行围攻，那就可能导致主体被清除出"框架"，与此同时，主体也因此成为"替罪羊"被神化。比如基督耶稣被钉在十字架上，为人类赎罪，也因此被当作神。这是读者或观众理解甚至认同主体的行为、理念和精神的关键时刻，他们为主体的行为所感召，并主动开始模仿主体。20 世纪 90 年代末出现的一系列电影，都以这样的愚钝主体作为其主人公，比如好莱坞电影《阿甘正传》（1997）和法国电影《天使爱美丽》（1998）。《阿甘正传》中智商低下的阿甘，在世事变迁中，凭着善良之心，坚持自己的信念，最终完成了一项项正常人都不可能完成的"创举"，终于成为时代的偶像，被万千追随者模仿。《天使爱美丽》中的艾米莉是个简单、自卑和自闭的女孩，温情默默地关注周围的人，帮助他人完成人生梦想。《美国丽人》中主人公虽不是严格意义上的"愚钝"主体，却在失业之后进入了一种"倒退"的状态，仿佛退回到一个幼稚、不计后果、随心所欲的少年人的状态。

在后现代语境下深陷"言论"的泥淖，在权力的压迫下丧失自我行动力的主体，在后后现代中拥有超越和升华的可能性。而这种升华也通过突破文本框架而实现。海德格尔把升华定义为一种主体内部和外部的越界关系：

> 升华与内在不同。内在是指在主体的灵魂和意识中留存的；升华并非主体内部留存，而是在其之外，在灵魂和意识之外的所在。从意识的最内在出发，在意识的框架和围墙之外的，超越围墙的，是在外的。主体在此被看作一个有芯也有一个外壳的胶囊。这并不是说，意识就是一个胶囊。在这个类比中最核心的部分就是所谓的升华：内部和外部的边界应该被超越。①

由此可见，海德格尔所谓的主体是一个类似胶囊的存在：主体的意识是受到其边界的限制的，主体和主体之间也不可能毫无障碍地相互理解。

---

① M. Heidegger, *Metaphysische Anfangsgründe Der Logik*, Frankfurt am Main: Verlag Vittorio Klostermanp. 240.

而意识的内部和外部之间的间隔可以被逾越，这样被限制的主体为了实现自我超越，将会打破"间隔"。这也就是说，边框和边界的存在是主体升华的前提，这样主体才能通过跨越或穿越克服阻碍①。海德格尔认为只有跨越边界并且升华之后才能产生主体性。艾什曼吸取了这一观点，他认为"表演主义用美学的手法演示了穿越或升华已有的框架，无论这是现实的、社会的还是心理的框架"②。

在《美国丽人》中居于小说中心的塑料袋子这一明示符号，也就是内层框架，与外层的叙事框架是相呼应的，两者营造出一种统一的情节逻辑，使得观众不得不服从这一逻辑，最后接受电影主人公的观点"生活是美好的"。在电影的一开始，已经死去的莱斯特就以画外音的形式以全知视角向观众讲述自己的故事，告诉他们："我已经死了。""死去"的莱斯特试图通过分享自己的经历，让读者认同美国中产阶级的生活并不像传说那么糟，而是"美好的"。观众一开始对这一观点当然很难认同，因为主人公莱斯特经历了失业、离婚，最后被枪杀一系列极端的人生变故，显然是个悲剧人物。

代表"圣洁"的塑料袋子不仅仅是电影多个情节线索的共同交汇点，更是电影中几个重要人物沟通心灵感受的重要途径。这一内层框架与莱斯特作为全知叙事者所营造出的外层框架使得统一意图得以体现，也使得观众或读者在不知不觉中认同这一统一意图。莱斯特在被枪杀之前，放弃勾引女儿的同学，也是他走出个人与社会认同的矛盾困境，从一个退化的少年人又重新"成人"的升华过程。莱斯特在这些变故中所体现出的善良、追求爱与温暖的本性，以及最后的升华，都使他在电影开初所说的"生活是美好的"让人信服。

除了这种从一种状态到另一种状态的"越界"的升华形式，在后后现代文艺中，也出现了对"神"的重新定义。就后后现代文艺文本中出现的一些独有的现象，艾什曼也借升华概念对其做出解释："（表演主义）最基本的神学情节安排是一个人格的神建立了一个框架，在这一框架之内

---

① Ibid.

② Raoul Eshelman, *Performatism or the End of Postmodernism*, Aurora：The Davies Group Publishers，2008，p. 12.

按照自己的形象制造了生灵；而这些生灵超越了框架，用一种特殊的方式模仿造物主的完美，并且与之汇合①。"艾什曼认为后后现代新文学中出现的这种人格神（Theism）与后现代文学中的"无神"（Deism）针锋相对。在后现代中，"无神"倾向打破了西方文化中天地万物由神创造的神话，以消弭文化的统一起源。在后后现代，"神"在很多文学文本中回归，不仅仅以"男性神"，有时也以"女性神"的形象出现。这样的"神"不仅仅是一个人物，也有可能是融入小说或电影整体叙事的统一因素。这也就是说：神是创造文本并左右文本走向的决定因素，人物的命运和情节发展由神来掌控调配②。比如在法国电影《天使爱美丽》中就出现了这样一位"女性神"的形象，她不能掌控自己的生活，也无法找到如意郎君，却为他人创造了一个又一个奇迹，逐渐改变了他人的命运走向。

综上所述，与典型的后现代文艺作品相比较，艾什曼所说的表演主义文艺作品主要有以下几个特点：① 在后后现代文学作品中，内外框架共同作用确定文本意图，这与文本意图游离的后现代文艺作品截然不同。② 被置于文本或作品中心的明示符号不仅具有传统符号的象征意义，也是作品人物投射的共同焦点，同时作为文本内框确定外框所设置的文本逻辑。明示符号打破了后结构主义框架下的能指符号链条，不仅在文本或作品中确立了中心，也确立了意义。③ 愚钝和模糊的主体在言论构建的后现代语境下有如一块"顽石"，主动或非主动排除言论对自身行为和抉择的干扰。④ 后后现代主体性隔绝外界影，与迷失在能指链条中的后现代主体大不一样。

四、表演主义在文艺中的运用

艾什曼的双重框架概念体现出诠释当代一些文艺作品的强大力量。它不仅适用于电影等文艺作品，也适用于小说的诠释。艾什曼在其著作

---

① Raoul Eshelman, *Performatism or the End of Postmodernism*, Aurora: The Davies Group Publishers, 2008, p. 13.

② Raoul Eshelman, *Performatism or the End of Postmodernism*, Aurora: The Davies Group Publishers, 2008, pp. 12 - 13.

《表演主义》中援引的重要例子分别来自 1990 年代末和 21 世纪开始以后的电影和小说。本文以加拿大小说《少年派的奇幻漂流》以及德国小说《朗读者》为例，说明表演主义理论在文本诠释中的适用性。表演主义不仅仅是文学批评理论也是文艺批评理论。文学并非一个完全孤立的存在，在当今社会，文学对其他媒体的辐射作用是不可忽视的。尤其文学和电影之间有千丝万缕的联系。表演主义在研究文学的同时，也研究其他媒体中的符号、叙事框架和主体构建的关系。

（一）《少年派的奇幻漂流》

加拿大作家扬·马特尔（Yann Martel）的《少年派的奇幻漂流》（*Life of Pi*, 2002）中，主人公讲述沉船之后自己在海上漂流的颇具传奇色彩的故事。读者可能很快就意识到主人公讲述的第一个故事的有一部分有可能是假的，是一个谎言，因为文中的很多细节与我们所了解的自然世界的常识不符。主人公否认他在撒谎，却提供另一个结局。他所讲述的两个故事，第一个美好梦幻，另一个则丑陋不堪。一个是在海上漂流历经神奇事件的传奇旅行，另一个则是有关谋杀和食人求存的不堪回首的黑暗历史。小说读者面对一个如何选择的问题。一个虽然美好但不可信；另一个仿佛更符合现实，却让人难以接受。如果选择第二个故事，便是理智的抉择；如果选择第一个故事，便是信仰的胜利。当读者基于逻辑理性选择相信第二个故事的时候，难免会产生迟疑、困惑和厌恶的情绪，因为这有悖于大多数人追求真善美的本性。所以，在小说中不惮以最坏的恶意选择第二个故事的人（日本人）往往被塑造成心理阴暗、滑稽可笑的丑角。《少年派的奇幻漂流》叙事的"外框"可以归结为对"人性"的信心、对"神性"的崇敬。小说的主人公是一个印度教、基督教和伊斯兰教的热情信仰者和践行者，如果这些宗教信仰在日常生活中发生冲突矛盾的时候，他总是不乏虔诚地申明："我只是想爱神。"①小说推崇一个处于中心的统一的神的概

---

① 参阅：Raoul Eshelman, *Performatism or the End of Postmodernism*, Aurora：The Davies Group Publishers, 2008, p. 55.

念，并借此颂扬统一性、意志力和爱，这是与后现代"无神"或是"非人格神"倾向大相径庭的内容。

小说迫使读者接受那个更为不可信但美好的结局，主要是通过构建"内框"（明示符号）和"外框"的统一性来实现的。处在《少年派的奇幻漂流》中心的是一个复杂的"明示符号"，也就是构成文本统一性的"内框"。处于救生船上的主人公与一只孟加拉虎之间构成了一种"恐怖平衡"。这一组合之所以可以被称为"明示符号"，是因为这并非一个完全自然的实物，也不能说是一个抽象的符号，而是介于两者之间。这个明示符号构成一个有限制性、亟待主体突破的内层框架。主人公要与一只食肉的孟加拉虎共存，既不能为虎所吞噬，也不能让旅行中唯一的"伙伴"死去。虎既是生存的敌人也是朋友。主人公要防止自己陷入丧失人性的"食肉"的恶行，为了挣扎求存又不能丧失颇具攻击性的"兽性"。虎的存在使得人时刻保持对危险的警觉和对生存的渴望。虎影射着人的兽性，少年派驯服虎的过程，其实是人性与兽性斗争的过程。生命在人性与兽性的斗争中前进，谁也驯服不了谁，谁也毁灭不了谁。在与虎的生存竞争中，主人公以最坦诚的方式面对自己的人性与兽性，认识到两者密不可分。主人公坚信在崎岖的漂流历程中一切神奇的事件都是造物主的安排，并且体悟造物主的智慧。

文本提供两个甚至多个开放式的结局，这是一个典型的后现代"罗生门"式的选择。如果在典型后现代的文本中，读者大可能被置于难辨真伪的选择之中，不知所终。而在后现代以后表演主义的文本中，读者则被双重框架所桎梏，最后不得不服从文本的逻辑，有时甚至不得不相信一个与我们的常识和认知完全不符合的情节与人物。艾什曼认为后现代以后的文本不再用"说教"来教化人或是剥夺读者的认同感，而是用"双重框架"生成一个统一的文本逻辑，并用美学的手法来让读者不得不认同、接受这一逻辑。在《少年派的奇幻漂流》中，如果读者选择第二种结局的话，将彻底破坏文本的整体逻辑，打破"外框"与"内框"之间的统一性。读者也就不可避免地重新陷入后现代式的、似是而非的选择中去；而读者如果选择人与虎的故事，那么就等于是认同文本的统一逻辑，认同主人公的价值、理念和信仰，相信"神"的力量。《少年派的奇幻漂流》并不是要读者发现和破解"真相"，而是要让读者在双重框架的逻辑的"强迫"下不自觉的"相信"他们所看到的景象和所经历的传奇。

（二）《朗读者》

典型的后现代思维假设在各个领域都有一个邪恶的霸权中心，是需要被批判甚至被颠覆的。艾什曼认为"大屠杀"（holocaust）这个词本身就具有后现代性。"大屠杀"隐含了屠杀者和受害者这一组极端对立的伦理关系。而第二次世界大战（简称二战）后这一组对立的伦理关系深刻影响了政治和社会意识形态的走向。在绝大多数后现代文本或是电影中，总是将受害者置于伦理的优势位置，对"屠杀者"或"迫害者"进行伦理批判。后现代以后小说的中心视角从"受害者"转向被平反甚至获得认同和同情的"作恶者"，旨在消除在后现代不同派别之间难以弥合的伦理对抗性。①

德国作家本哈德·施林克（Bernhard Schlink）的《朗读者》（*Der Vorleser*, 1995）中纳粹女军官汉娜是艾什曼所描述的"模糊的""不透明"的主体。出身低微的主人公汉娜没有清晰的道德底线，始终处在蒙昧状态，其生活是在别人的指令和引导下进行的，不具备明辨是非善恶的能力，也缺乏自我反思的能力。汉娜在集中营时就命令犹太人为她朗读名著，为了不被人发现自己是文盲，第二天她不动声色地将她们送到奥斯威辛的煤气室。在认识了男主人公米夏以后，她继续进行这一仪式般的朗读：在沐浴和做爱之前或之后，少年米夏向汉娜朗读文学名著中的经典篇章。与米夏共度的那个夏天，是他们一生中最短暂最快乐并最终影响了后来人生的时光。两人的关系没有随着汉娜的入狱而终结，米夏慢慢开始给狱中的汉娜寄去各种录着自己朗读声音的录音带。

自身"主体性"模糊的汉娜完全排除所处时代言论的影响，出于对聆听朗读的挚爱，她在集中营时并不像同时代其他德国人那样担心犹太人

---

① Ibid., p. 71.

对她进行"种族玷污"。在与米夏陷入激情爱恋之后,她也痴迷于聆听朗读,并不因不伦恋情而感到羞耻。在她入狱之后,与米夏通过朗读磁带仍然保持最亲密的、最私人的心灵沟通。汉娜的心灵始终在朗读中激荡,在朗读中,她像个孩子似的时而痛哭、时而大笑。在朗读和聆听朗读的互动关系中,汉娜与米夏之间构建起了一个几乎完全排他、非常私人且几乎与世隔绝的空间。这一空间排除了一切道德约束,拒绝一切外界伦理判断。多年的牢狱生活之后,当汉娜必须走出这一私密的心灵空间,重新迈向社会,势将接受社会对她的判断、挤压和谴责时,她选择了自杀,就像那所说的那样:"只有那些死去的受害者才真正理解我"。在她自杀之后,米夏按照他的遗愿将她的储钱罐带给受害者的女儿时,对方并不接受储钱罐中的钱,而只是拿走了罐子,因为这只罐子与她在集中营被拿走的另一个罐子非常相似。只拿回罐子并不代表屠杀的幸存者宽恕了汉娜的罪行,而是一种对过往的释怀。

综上所述,在这部小说中有这样一些反后现代,但属于后现代以后的文学现象(表演主义)的特征。

首先,汉娜与米夏之间的亲密空间构成了处于文本中心的"内框"(明示符号),它拒绝一切言论侵蚀和道德判断。在这一内框之中,"作恶者"和"受害人"的伦理界限被打破了。从私人关系的角度上来说,汉娜作为这段不伦恋情的年长一方,是两人恋情中的"作恶者",不谙世事还未成年米夏则可理解为这一关系中的"受害者"。他的人生走向因为这一段短暂的恋情而彻底改变,此后他再也无法与任何女人进入长期平稳的亲密关系。从社会伦理的角度上来说,两人是一对心心相印的"共谋者"。成年后的米夏本可以在庭审时说出真相减轻汉娜的罪行,却最终选择了和汉娜一样保持沉默,捍卫两人共同的秘密。当汉娜自杀后,米夏则背负着这个两个人共同的秘密,来祈求屠杀受害者的原谅。这一刻,米夏视自己与汉娜为一体,他们应该共同承担这一罪责。这不仅仅是因为他们曾经是亲密的恋人,并始终通过朗读保持深层次心灵沟通。米夏是同情理解汉娜的。更重要的是,"大屠杀"的罪恶应该由整个德意志民族来承担,而不应该归咎于某个个人。被置于道德审判中心的汉娜其实是非常时期国家意志下的替罪羊和受害者。

其次，身为纳粹看守的汉娜虽然是"迫害者"，但始终不愿意承认自己是文盲，是因为她害怕成为社会舆论的"受害者"。"迫害者"和"受害者"的地位发生了倒置。无论在犹太人、米夏和法庭面前，她都小心翼翼地维护这个秘密，不愿成为他人的笑柄。对她来说，"身为文盲"才是最大的耻辱，是被社会主流所排斥和鄙夷的。因为担心被所谓"文化"抛弃，她保守自己隐秘而边缘的出身，不断选择暴力与逃离。

最后，汉娜和米夏虽始终没有成功走出属于两人的密闭空间，汉娜最后甚至选择自杀，但两人都不同程度地实现了自我超越和升华。汉娜在狱中通过聆听朗读而完成了自我救赎，并最终得到了"受害者"一定程度的谅解。小说中提到了汉娜·阿伦特的名著《艾希曼在耶路撒冷：一个关于恶的平庸报告》。艾希曼的身份也同样在影射汉娜身份的特殊性。汉娜代表了一种"平庸的恶"，是极权社会实施恶行的工具。汉娜对自我身份的顿悟，超越了禁锢自身的"内框"而进入升华"外框"。米夏所代表的德国新一代，在谴责战时纳粹的同时，却也发觉无法置身于历史责任之外，他视自己与"作恶者"汉娜为一体，并在她死后，正视自己的过去，为她也为自己赎罪。

总之，后后现代的伦理取向多种多样，不拘一格。后后现代语境下的伦理关系往往是后现代对抗式伦理关系的弥合或是逆转。那种后现代式的"中心霸权"与"边缘"的对峙被一种妥协、模糊的伦理关系所取代。强和弱，善和恶，主和次，中心和边缘的位置发生了转换。这种转换有时并不是黑白分明，具有排他性质的，而是相互渗透，甚至模棱两可的。

五、后现代以后的文化理论

后现代到后后现代是否是一个时代的切换，抑或是一种延续？这是许多文化关注者和研究者共同追问的问题。后现代文明的衰落是不可逆转的。从 20 世纪 60 年代到 90 年代，后现代主义从兴起、繁盛到衰落，统治西方意识形态和人文学科近 30 年。后现代主义是建筑在西方社会对二战屠杀犹太人的集体罪恶的反思之上的：被启蒙思想和人本主义深刻影响的欧洲大陆，为何会发生这样一场人道主义危机；而由民主制度选举上台的希特勒，为何可以在德国民众的支持和纵容下，主导了这一场屠杀。带着这些问题，人们带着决然的态度与"唯进步论""中心论"和"优选论"等思想决裂。自此，后现代思想消解了包括欧洲中心主义在内的霸权主义文化，使得世界文化向着开放、包容、共通和共同繁荣的方向发展。当多元文化逐渐成为世界文化的主流趋势后，西方社会开始经历多元文化带来的震荡和颠覆。在欧洲，多元文化带来的冲击之大，足以改变自二战以来欧洲人所秉持的价值核心。[①] 对后现代思潮主要的争议点在于后现代多元文化固然促进社会和文化的包容性，却也使得欧美政治越来越"左"，越来越多的社会问题在"政治正确"的掩盖下沉渣浮起。一些正常言论被压抑，人们则言不慎就有可能被划归到"极右"阵营中去，使得一些确实存在的问题累积恶化。德国总理默克尔和英国首相卡梅伦都曾认为"多元文化"已死，道明了多元文化与"政治正确"等后现代思想在欧美社会的困境。不仅如此，冷战结束，标志西方社会在经历了"后现代"的怀疑主义所带来的社会意识的分裂和对抗之后，逐步成为一个趋于和谐的意识整体。在欧美经济和社会基础遭到 2008 年的金融危机重创之后，西方世界重新评估"全球化"在当今世界政治经济中的地位。而与"全球化"相伴而生的"多元文化"理念也遭到了质疑。

伴随着后现代主义而产生的后结构主义哲学走向了穷途末路。伊格尔顿说"文化理论"的黄金时代已经过去，包含了两层含义：首先，哲学的"轴心时代"已经一去不复返了，那种声称包罗万象、放之四海而皆准的哲学理论早就逐渐退出历史舞台，取而代之的正是所谓的"文艺理论"（即"文化理论"）。其次，曾使得社会文化得以解放，并推动"文化理论"走向兴盛的后现代主义在西方社会弊端逐渐显露。后现代背景下的"文化理论"到了 20 世纪 90 年代末已如强弩之末。无论是曾经带来很大

---

① 薛原，《后现代多元文化之殇——希特勒回来了吗？》，《探索与争鸣》，2016 年第 9 期，第 132 页。

社会影响力的"身份理论"还是"后殖民理论"都因丧失社会关怀而逐渐与现实脱节并走向衰落。因此在"后理论时代",无论是哲学本身,还是建立在对形而上哲学反思和批判基础上的后现代"文艺理论"将何去何从,成为学界难以回避的话题①。

今天,虽然西方各国民粹主义浪潮暗潮汹涌,但全球化仍然是不可回避的趋势。在全球化背景下,西方文艺理论在经历了现代主义和后现代主义之后并未进入所谓"表现的危机",而是进入了全新的发展阶段。后后现代文艺理论的萌发有以下几个意义:

第一,具体说来,后现代叙事学与后经典叙事学产生的时间基本重合,但前者只是后者一个分支。相应地,后后现代叙事把对读者文本的动态阅读过程视为重要研究对象,它因此可以纳入后经典叙事学②的研究范畴。

第二,后后现代文艺理论的兴起也是对伊格尔顿的"文化理论的黄金时代已经过去"的一个回应。理论家们进一步消解了文艺理论和文化理论的界限,他们从语言学、社会学、历史学、地理学和人类学等领域观察和描述"后现代之后"的文化走向,他们以开放大胆的眼光汲取其他学科的成果来构建和丰富自己的文艺理论,寻找到诠释文艺作品的新角度。

第三,后后现代文艺理论并不仅仅服务于文艺批评和文艺诠读。后后现代这个概念就如同后现代这个概念一般是起源于社会现实,辐射到建筑学和人文科学领域,继而引起了哲学、文化学和文学界的一系列波动。后后现代这个概念同样涉及多层次、多角度问题。深入了解和挖掘这个概念,对于了解世界的人文思想动态具有深远意义。

最后,研究艾什曼的表演主义的学术意义在于引入并研究后后现代文学理论。国外学者对后后现代文学和文学理论的研究虽然已初具规模,但还不够系统和全面,还处于逐步细化、发展和成熟的阶段。国内学者虽然

---

① 薛原,《新世纪中西方文艺理论构建概述》,《中国社会科学院研究生院学报》,2016年第6期,第81—82页。

② 参阅尚必武,《当代西方后经典叙事研究》,北京:人民文学出版社,2013年。

已经敏锐捕捉到了这一最新动向，但还没有展开具体深入的研究。所以，研究这一涵盖内容丰富、已渐成体系的文学理论概念，能做到和国外学者同步，甚至能获得文学理论研究的制高点。

参考文献

[1] Alan K. Digimodernism. How New Technologies Dismantle the Postmodern and Reconfigure Our Culture [M]. London: Continuum, 2009.

[2] Christian M. Cosmodernism: American Narrative, Late Clobalization, and New Cultural Imaginary [M]. Michigan: University Press of Michigan Press, 2011.

[3] Christoph R. Nach der Postmoderne: Aktuelle Debatten zu Kunst, Philosophie und Gesellschaft [M]. Basel: Schwabe, 2014.

[4] Elaine S. On Beauty and Being Just [M]. Princeton: Princeton University Press, 1998.

[5] Eric G. Signs of Paradox, Irony, Resentment, and Other Mimetic Structures [M]. Stanford: Stanford University Press, 1997.

[6] Erving G. Frame Analysis: An Essay on the Organization of Experience [M]. London: Harper and Row, 1974.

[7] Martin H. Metaphysische Anfangsgründe, der Logic im Ausgang von leibniz [M]. Frankfurt am Main: Varlay Vittorio Klostermann, 1978.

[8] Raoul E. Der Performatismus oder die Kulturentwicklung nach dem Ende der Postmoderne [J]. Berliner Osteuropa Info 17 (2011).

[9] Raoul E. Performatism or the End of Postmodernism [M]. Aurora: The Davies Group Publishers, 2008.

[10] Jacques D. La Vérité en peinture [M], Paris: Flammarion, 1978.

[11] Jean-Luc Marion. Being Given: Toward a Phenomenology of Givenness [M]. Stanford: Stanford University Press, 2002.

[12] Irmtraud H. Literature after Postmodernism, Reconstructive Fantasies [M]. London: Palgrave Macmillan, 2014.

[13] Mary K H. Succeeding Postmodernism: Language and Humanism in Contemporary American Literature [M]. London: Bloomsbury Academie, 2013.

[14] Michael N E. Russian Postmodernism: New Perspectives on Late Soviet and Post-Soviet Literature [M]. New York: Berghahn Books, 1999.

[15] Michel F. Les mots et les choses: une archéologie des sciences humaines [M]. Paris: Gallimard, coll, 1966.

[16] Nicoline T. Do You Feel It Too? The Post-Postmodern Syndrome in American Fiction at the Turn of the Millennium [M]. Amsterdam: Rodopi, 2010.

［17］Peter S. Sphären I, Blasen ［M］. Frankfurt am Main：Suhrkamp, 1998.

［18］Peter S. Über Aktualität. Römische Fussnote zur Medientheorie ［C］//Christoph Riedweg ed., Nach der Postmoderne：Aktuelle Debatten zu Kunst, Philosophie und Gesellschaft, Basel：Schwabe, 2014：

［19］Robert M. Post-Postmodern Discontent ［C］//R. M. Berry and Jefferey R. Dileo eds., Fiction's Present：Situating Contemporary Narrative Innovation. New York：State University of New York Press 2007

［20］T 佛牟伦，R 埃克. 元现代主义札记 ［J］. 陈后亮，译. 国外理论动态, 2012（11）：66 - 73

［21］薛原. 明示符号理论与欧洲新性别小说 ［J］. 国外文学, 2015（1）：28 - 35.

［22］薛原. 后现代多元文化之殇——希特勒是否又回来了 ［J］. 探索与争鸣, 2016（9）：132 - 136.

［23］薛原. 新世纪中西方文艺理论构建概述 ［J］. 中国社会科学院研究生院学报, 2016, 6：81 - 89.

负责任地阅读"理论"①

Fabio Akcelrud Durão 著，余睿蘅 译

摘　要："理论"（"Theory"的"T"大写）已成为文学研究的一个敏感话题。在本文中，我首先通过研究"理论"的基本矛盾、经验基础和符号功能，将"理论"描述为一种类型（Genre）。随后，将探讨"理论"本身带来的风险。最后，我提出了两种负责任地阅读的策略，以修正"理论"而不会落入其陷阱。

关键词：理论；负责任地阅读；后批评

Title：Responsible reading of theory

Abstract：Theory（with a capital T）has become a nerve center in literary studies. In this paper, firstly, a characterization of Theory as a genre is presented, by investigating its fundamental contradictions, its empirical field of action and its symbolic functions. Then, the risks that the Theory presents to itself are addressed. Finally, two strategies of responsible reading are proposed that modify the Theory without falling into its traps.

Key words：Theory, Responsible Reading, Post-critical.

---

① 本文最初是为《现代主义、理论和负责任的阅读：批判性对话》一书所撰写的，该书由斯蒂芬·罗斯组织编写，计划于 2021 年底由 Bloomsbury Publishing 出版。这就是为什么没有在此从头开始定义"负责"和"责任"，因为这两个概念在整卷中都有讨论。

　　文学研究在过去的 15 年中经历了彻底的自我质疑的过程。与以往的变革浪潮不同，今天的危机不仅仅是新趋势的问题——不是新概念、新运动，甚至不是新领域——而是对这一学科的基础性问题再次进行全盘考虑。这并不是说"诸众"（multitude）取代了"延异"（différance），也不是说后殖民主义突然变得比新历史主义更加尖锐和有力，没人关心哪一个名词会放在"研究"前面，是"研究"在内容转化为领域的过程中起了决定性的作用。相反，批评家们正在挑战基本的方法论问题，这在最近阅读和批评作为实践的讨论中尤为显著。正如我们所知，过去在阅读上主张"近距离"和"深度"；与之相反，如今呼吁的是"远距离""表面""随意"和"随心所欲"地阅读。此外还建议用"后批评"① 来"克服"批评，即使这里的"克服"是战略性的或非好战的。这些重新表述可以极大地改变整个文学研究的格局，其影响超出了课堂上的日常实践，涉及文学研究的制度设置和社会合法性。总而言之，我们在这里做的就是彻底重塑文学研究的自我表征。

　　我建议我们绕个弯子来应对这场激烈的、可能会让人恼火的辩论，这同时也是对"理论"问题的回归，"理论（Theory）"的 T 大写的原因将在下面解释。如果我们同意当前危机的根源在于 1970 至 2000 年间"理论"对文学研究、经典形成和文化概念提出的挑战，那么我们有必要重新评估理论话语并质询，在今天什么叫作负责任地阅读"理论"。我意图回避由威尔弗雷多·科拉尔（Wilfrido Corral）和达芬尼·帕泰（Daphne Patai）的《理论的帝国》（*Theory's Empire*, 2005）等著作所引发的争议，这些著作总让辩论双方相互攻讦，水火不容。因此，我的第一个论点是，当前的危机自相矛盾地提供了一个重新思考"理论"的契机，有助于后见"理论"未兑现的承诺，以及先见当前的给出的替代方案对未来有何规划。对"理论"负责任的阅读必须避免两种最明显的方法，第一种是提出"理论"的替代方案，第二种是纯粹地延续"理论"，假装什么都没有发生。第三种方法必

---

① 相关参考文献包括 Latour（2004），Best & Marcus（2009），Bewes（2010），Potts（2015），Felski（2015），Anker and Felski（2017），Saint-Amour（2018）。

须取代新与旧的对立，这是一种客观的方法，我认为如果我们将"理论"视为一种类型（Genre）便能实现。本章是朝着这个方向迈出的第一步，分为三个部分：① 一个将"理论"定义为类型的概念框架，这要通过研究"理论"的成立矛盾、经验基础、话语重组、物质支撑和象征功能来构建；②"理论"给自身带来的危机；③ 两种阅读策略，用来负责任地阅读"理论"、维系"理论"并且对"理论"做出改变。当然，这个框架并非面面俱到，而是"理论的想象"的一种练习，即对理论的想象和理论性地想象。

———— 一 ————

让我们开始一种仍然常见的阅读：不看陀思妥耶夫斯基和拉伯雷，就看巴赫金；不看普鲁斯特和卡夫卡，就看德勒兹；不看卢梭（以及许多其他人），就看德里达；不看弗洛伊德，就看拉康；不看索福克勒斯，就看弗洛伊德……摆出道德主义的姿态是行不通的——"我们的学生或同事不再阅读文学作品了"。对于许多学者、学生甚至非学术界人士来说，理论本身具有的吸引力超出了理论可能解释的客体，接受这一事实会很容易出成果，出版社早就意识到了这一点。我第一次意识到这一点是多年前我看到了一本德语版的《亲和力》（*Elective Affinities*），在其中，小说的文本像引言或者次要文本一样位于瓦尔特·本雅明（Walter Benjamin）的文章之前。或者在最近的一次，我发现伽利玛"七星文库"系列编辑的福柯全集和拉辛、波德莱尔或普鲁斯特在同一套藏书里（不用说，我都买了，歌德——或者是本杰明？——还有福柯）。最明显的例子是《诺顿文学理论与批评选集》（*Norton Anthology of Theory and Criticism*），它将通常只适用于以往文学巨著的一整套学术研究方法放到理论家身上。里面的每位作者都有自己的生平介绍、参考书目集（通常是评注的评注）和脚注。这些脚注总是很不自然，解释看起来不必要或不相关的内容，让人感觉它们好像只是在履行某种职责，它们的存在是为了证明选集和批评家的文学评论是合理的。因此，有大量迹象表明，理论已经失去了它所谓的辅助性角色，失去了作为从属话语的地位，其最初的使命是阐明给定的文本。所以这是我的第一个想法，与其说是一个发现，不如说是对一种事态的观察（尽管这一事态没有引起应有的重视），即理论已经经历了一个（半）自主化和自足性及自我指涉性加强的过程。

我讨厌这个表达模棱两可的括号，但在理论的（半）自主的情况下，括号是不可避免的。一方面，如前所述，"理论"似乎常常对客体缺乏耐心。你觉得你读过的文章里有多少篇，写作它们的全部动力是为了尽可能多地使用一个或多个概念？用俄罗斯形式主义者的术语来说，现实成了术语创新的动力，例如，人们有时可能有这样的印象——对于齐泽克（Slavoj Žižek）来说，世界的存在是为了解释拉康。另一方面，无论理论想变得多独立，它永远不可能变得真正的不及物，理论总是关于某事的理论。"理论"的许多的争议很大程度上来自这种对自主性的追求所导致的僵局。我们将看到这种追求并非缺乏理性，也不可能具体化。

我们同意，一种新的类型的出现至少必须满足两个条件：一个是聚合的，另一个是组合的。以往确定的经验形式有助于新类型的巩固和显现，缺少与现有类型的联结，任何新类型都无法形成。另一方面，如果不借用现有的类型，将其内容重新组合构成新的形态，任何新类型都无法保持一贯性。为了接近现有类型，必须从历史的角度来描述"理论"，这确实是一个棘手的问题，因为"理论"具有潜在的灵活性。罗德维克（Rodowick，2014）认为理论可以一直追溯到古希腊，赫尔曼（Herman，2004）收录的论文则与之相反，将特定的理论趋势与确切的历史事件联系起来。诺斯（North，2017）的政治史采取折中的方式，将当前文学研究的危机与自 19 世纪以来在文学并入大学之后出现的学者的风头盖过文学批评家的情况联系起来（Graff，2007）。我们最好把这一历史分期与其他的流动性客体一样当作研究对象的一部分，将其时间结构的有效性和分析的说服力放在一起来判断。

我想要讲述的故事始于第二次世界大战后欧洲，尤其是法国的社会变革，其中包括三个主要元素：与刚刚过去的历史的联系被割断的一代人的出现；教育体系的显著扩张，特别是在大学层面，包括人文学科；文化商品化水平迈上新台阶，高雅文化产业得以整合。在这种情况下，出现了一种新的知识分子——理论家。他们与哲学家和"文人"（homme de lettres，KAUPPI，1996）完全不同，一开始认同结构主义，声称代表科学发言，或许与现有的学术机构存在冲突，但不怯于与普罗大众交谈，先锋派的精神使他们在宣讲理论时给人以新奇感与变化感。《如是》（Tel Quel）就是一个典范，该杂志由 20 多岁的年轻作家①创办，获得了巨大的成功。尽管它相当一部分的销售额来自大学图书馆的订阅，却从未与被他们所摒弃的学术机构为伍，其日后的发展也总是带着一种紧迫感和从零开始的意味。

所有这一切都可以说存在着一种文化基础（cultural substratum）或感觉结构，理论在其中蓬勃发展并得到强化。想法不仅仅是人们用来组织成论点的东西，相反，他们提供了与他人共处和互动的方式。以写作（écriture）为例，它不仅仅是知识辩论中的一个术语，也不是理解现实的简单工具。相反，它是一个带有承诺的概念，是世界可能重构的预兆，将语言、欲望和经济结合在一起。再者，无论以何种方式减弱和修改，理论都带有某种前卫的，甚至可能是革命性的精神。为了形象地说明这一点，我们以菲利普·费尔施（Philipp Felsch）在《理论的漫长夏日》（*Der lange Sommer der Theorie*，2016）中关于梅尔韦出版社（Merve Verlag）创始人彼得·根特（Peter Gente）的叙述为例。在夏天里，"理论不仅仅是头脑中的一系列想法。理论是真理的声明，是信条，是生活方式的附属品"（Felsch，2016：12）；梅尔韦的创始人和他们的朋友首先将自己视为热情的读者，他们"不仅仅是出版社，而是阅读小组和粉丝社群——简而言之：一个接收场"（Felsch，2016：19）。总之，在相当长的一段时间里，图书编辑不能被称为一份职业，甚至不能说是工作，因为它似乎是一种以新的方式去揭示和想象世界的冒险。尽管大学起到了将人们聚集在一起的催化作用，但起决定作用的是，想法似乎在阐明现实的同时拓宽了人们的经验视野，咖啡馆、餐馆和酒吧可以与礼堂一较高下。无独有偶，这

① "事实上，年轻人的傲慢是他们的主要资产。这些叛逆的年轻人没有什么可失去的，却得到了一切。他们是将军和实业家的儿子，在国内的著名学府和国外的牛津大学接受教育，上层社会的教养、精英教育和创业训练使他们养成了傲慢。"（MARX-SCOURAS，1996，2）

一时期见证了平装理论书的出现，比如瑟伊（Seuil）和苏尔坎普（Suhrkamp）出版社的"理论"系列以及梅尔韦的丛书。平装理论书极具启发意义：它小而便宜，可以随身携带，随时阅读。它不是你在图书馆里读的那种书，而是在公园、火车或学习小组里读的。更重要的是，平装理论书去除了书的神性，把书作为知识的载体。总而言之，我们要同意，理论至少是令人兴奋的①。

到目前为止的讨论有助于我们提出一些关于文本重新排列的假设，文本重组是在理论作为一种类型的影响下产生的。主要的假设是，理论已经转变为一个划分上有问题的领域，它所划分的空间，严格地说，既不是哲学的空间，也不是文学批评的空间，尽管它更接近后者，而且似乎与后者无法区分。在哲学方面，理论淡化了传统和历史的作用，研究个体的哲学家，而不诉诸有关基本哲学问题的一系列答案。一旦概念从构成它们的长时间的对话中挣脱出来，它们就会获得某种"成衣"（prêt-à-porter）的特性，即能够立刻适用于新的环境和新的对象。在理论方面，打破哲学和文学的传统是不可避免的和有结构性的，就好像学习的时间是有限的一样②。语言作为中心理论问题的出现对调和哲学和文学批评起到了重要作用，使得哲学家和文学家能够相对顺利地达成共识，而文学作品重新占据哲学思考中的核心地位又进一步强化了这一点。正如我们所指出的，就文学批评而言，理论所带来的主要转变在于给予了概念阐述在文本分析中的优先地位，文本分析现在变得更加复杂并且富有自我意识。

理论文化的形成是其作为一种类型兴起的重要因素。另一个重要因素是理论在学院中的制度化，这重新引导和重新塑造了理论文化。只有在理论完全进入大学之后，用大写的"T"来称呼它才有意义，来标志着"理论"转变为一个研究领域，无论"理论"自认为是多么模糊、自相矛盾

---

① 聚焦理论的文化层面开启了一个新的分析视角。以概念性新词为例：它们不仅试图指明未被思考的对象，而且还提供了加强集体联系和主体间认同的工具。

② 如果对研究生和教授做一项定量研究，看看他们在理论和文学作品上花了多少时间，将会非常有趣。至少可以肯定地说，把精力投入文学和理论中已经成为一种必要，而且经常是如何安排时间的焦虑感的来源。

和自我否定的。

如果说理论在法国和德国的大学和公共领域里同时蓬勃发展，那么进入英语世界后，理论只有在制度化之后才能接触到更广泛的受众。这并不意味着理论失去了令人兴奋和吸引人的能力——这顺便提醒了我们大学是那么多孔，能够外渗输出。然而，学术环境是不同的，在欧洲，即便理论取代了哲学，依旧与其同气连枝。但是，当理论跨越了大西洋之后，发现了敌视它的分析哲学系，便转而投向英语和比较文学系。以语言为中心的结构主义在盎格鲁-撒克逊的文本细读实践中得到了补充。"理论"文化在此处漫过了学院的围墙，影响了更大的圈子。有两个很能说明问题的例子。首先，瑞恩（参看对比 Ryan, 2012）指出，"理论"提供了启发文学创作的概念主题（topoi）。其次，柯赛特（Cousset）指出，"理论"迅速对美国流行文化产业产生了巨大影响，以伍迪·艾伦的话为例，"《解构哈利》（*Deconstructing Harry*, 1997）发行的法语标题是 *Harry dans tous ses états*，因为'解构'这个动词对法国观众来说没有任何意义"（Cousset, 2003：119）。① 此外，英语世界的"理论"文化成为一种将群体和身份概念化的手段。人们除了兴奋于用理论解释世界，还惊奇地发现能够在理论中找到自我和族群，更不用说把"性"转变成为思考和学术讨论的客体可能给人带来解放了。然而，另一方面，"理论"在北美学术体系中扎根之后被输出到全世界，形成了一种接近通用语的东西——一套共同参照，其凝聚力甚至可能超过文学。这种回旋镖效应在欧洲也产生了一些不可思议的效果，例如，学生阅读斯比瓦克（Gayatri Chakravorty Spivak），却不知道德里达。② 更有趣的是，在像我这样的边缘国家，巴西，能够体验两者的混合，在那里，法语和英语的德勒兹共生，这有时会产生趣味丛生的误解。

---

① 同时，在巴西，"desconstrução"在政治话语中被用来表示"证明对方是错的，表明他们的恶意"。

② 编者按：斯皮瓦克对后殖民研究采取高度理论化的方法可以追溯到她的第二部主要出版物，即她在 1976 年翻译雅克·德里达的《语法学》（最初于 1967 年以法语出版），其中包括对德里达的大量介绍或序言工作。斯皮瓦克在她最初的后殖民研究中采用并大幅调整了批判文论的形式，将解构主义和后殖民理论结合起来，她的第一组主要论文被收集为《在其他世界：文化政治论文集》（1987）一书。

　　但一种新类型所做的不仅仅是将特定的内容，也就是上文提到的经验基础，转换成形式——掌控其功能的规则，它也可以被视为表达某种深层的集体关切，在这种情况下可以将类型作为表征来对待。"文本"是"理论"最基本、最关键的概念之一，其最初的结构主义的表述经受住了后来的批评，普遍存在于从解构主义到后殖民批评和文化研究的几乎所有的理论趋势中。那么，让我们重新拜读巴特 1971 年的开山之作《从作品到文本》（*De l'oeuvre au texte*, 1994）。这个类似宣言的文章结构依据标题中两个名词之间的二元对立关系而划分，由七个"命题"组成，涉及的主题有：方法、分类、符号、多元、源流、阅读和乐趣。正如几代读者对其视而不见一样，文本这一概念的内容及其表现之间的矛盾也令人惊异，但文本所需二元对立独立存在的程度更能说明问题。"作品"是一个"传统概念［...］，牛顿力学式的"（Barthes, 1994：1211），"物质的碎片"（Barthes, 1994：1212），"以有意义的方式结束"（Barthes, 1994：1213），"被卷入从属关系的过程中"（Barthes, 1994：1214），"是［...］消费的客体"（Barthes, 1994：1215），它产生的知识"很悲哀"（Barthes, 1994：1216），等等。

　　不妨尝试以下练习：一个人很难在没有作品作为平衡的情况下去想象文本，因为论点似乎没有了支撑而漂浮起来，获得了梦幻般的色彩。有趣的反转是，当"文本"不是独立的，而是从读者的作品中剥离出来的时候，它反而是最有生产力的——这是《S/Z》里一个不错的定义。这有一些类似于表述性悖论的东西——（伟大的）解释性的洞见发生在作品的局限性的背后。另一方面，没有任何经验客体能够满足文本预期的所投入的力比多能量，甚至《芬尼根的觉醒》（*Finnegans Wake*）① 也不能。文

---

① 这就是乔纳森·卡勒（Jonathan Culler）所说的："巴特在让文本和作品相对立的同时，拒绝让这两者成为在同一水平或以同一方式运作的概念。这样做的一个后果是，虽然巴特对这些区别的描述帮助学生们在较早的作品中找到'文本'，但对处理前卫作品并没有多大帮助，因为前卫作品总是称不上是激进的典范，也没有太多的说明来解释为什么称不上。巴特坚持，转向文本不仅是方法论的转变，而且确实有作品（有时包含文本）使得文本的概念看起来像是一种迷信，是一个如此激进和具有破坏性的理想客体，以至于没有现实的话语足以满足这一概念（当然，作品确实是存在的）。"（2007，第 108—109 页）

本不是一个真实的客体，这一事实让我们能够假设文本发挥了一种补偿作用，文本应该提供一些现有的文化无法提供的东西。我们从盎格鲁-撒克逊人的人类学意义上的文化——人类群体共享一套的符号代码和实践下的凝聚力，转向老式的德国文化——超越了纯粹的对存在的再现。巴特的例子让我们看到，"理论"可以体现出对其他东西的渴望，对一种似乎被现有文化所否定的"更多"的渴望。这是一个巨大的飞跃，但即便如此，我还是想说，这种补偿的作用对于整个"理论"来说是广泛的，意义连同其在表述中带来的阐释力量，最终在它自己的表述中实现了表达奇迹的作用。①

二

这种将文本作为生产的讨论可以作为到理论自身构成的危机的过渡。首先，让我们研究"理论"的矛盾的及物性是如何通过再次回到结构主义的形成时期来促使其自身的时间复杂性产生的。1969年热拉尔·热奈特（Gerard Genette）在瑟里西拉萨勒举办的《诗歌与历史》演讲，1972年被发表在《辞格》（三集）（*Figures III*）中。该文的主要思想是，一旦结构被充分研究，系统和历史就可以得到调和，以致可以及时地被绘制出来。别在意这可不可行，比如结构太灵活，太过嵌入时间而无法固定云云，与我们相关的是以下介绍性的观察：

> 我记得三年前曾在这里回复雅克·罗杰，至少就所谓的"形式主义"批评而言，这种表面上对历史的拒绝实际上只是一种临时性的括号、方法论上的暂停，在我看来，这种类型的批评（我们无疑会更准确地称之为文学形式理论——或者更简单地说，诗意的）也许比其他任何东西，都更像是在途中邂逅了一天的历史。我现在想简

① 巴特在整个生涯中将心血盲目注入力比多和美学理论，将其与阿多诺和霍克伊默（Adorno & Horkeimer）的文化产业概念相比，将会很有趣。

要说明原因和方法。(Genette, 1972: 13)

对历史的拒绝只是一个"临时性的括号",一种"方法论上的暂停",将通过新理论的方法来解决。这并不特别,还出现在其他无数 60 年代和 70 年代的文本中。但"理论"的典型形象足以用热奈特的术语"预叙"(prolepsis)来说明——打着新名字的幌子预测未来。结构主义中到处暗示着能在可预见的时间内完成,这也许是自然的,因为结构主义的野心是将人文学科统一在一个单一的总体科学框架中。这当然没有实现,也没有人认为能够实现,但有趣的是结构主义如何使概念的形成合法化。鉴于将形成一个理论,那么提出新的术语和范畴用于文学分析也是合理的,而新的概念反过来又支持了理论。在结构主义中,现在主义(presentism)不仅是将过去移交给新的阅读代码的力量,也是在实现梦想的过程中幻化出的未来。

对一种包罗万象的普遍理论的渴望很快就遭到了批评和摒弃(尽管研究理论如何通过变形存活至今将会出较多成果),但面向未来的导向依然存在。理论的阐述现在表明它们的成果可以被应用,这可以视为一种承诺——学习新概念,解释上的问题就会得到解决。毫无疑问,很多理论,如布卢姆(Bloom)的"影响焦虑"或莫莱蒂(Moretti)的"远距离阅读",已经在不同的客体中被采纳和探索。但这一承诺的误导之处在于,它忽略了真正富有成效(和令人兴奋)的是它表述自身的时刻。即便不很乏味,理论的应用也是以规则为导向的。① 所有理论承诺的适用范围都要比本身广,当这种延展真的实现了,没有理论是有趣的。或者换一种说法,创新的可能是以放弃未来为代价的。不乏讽刺地说,这给"即将到来的"(to come)这一解构主义概念的后缀赋予了新的含义。② "理论"奇怪的时间结构让我们再次回到了它与生产的关系问题,现

① 注意,这并不妨碍它们在学术上的有效性。大学要求研究创造新的,而不一定是有趣的知识。

② 未来在理论话语中也可以作为明确的关注点被发现,但有时并不是最好的结果。利奇(Leitch, 2008)在书的开篇用了期货市场这一隐喻来确定"理论"的后代;然而,资本的语义场却以一种完全中立的、描述性的方式被使用。

在又到了与新自由主义大学的关系上，理论的运作方式似乎出奇地适合新自由主义大学。① 首先，理论加速了论文和书籍的流转。批评家现在不必掌握由旧的范畴和使其统一的积累性阅读的传统的支撑下长期存在的领域里的历史积淀，而是可以用一个新的概念来面对一个给定的语料库，更极端的情况，不适合任何现有学科领域的临时语料库，让整场辩论重新洗牌。可以肯定的是，重新构造客体会是非常有趣和令人兴奋的，但是当这一实践本身成为一种精神并且新事物转化成为抽象价值时，一些接近方式逻辑的东西就建立起来了。顺便说一句，后批评的捍卫者在揭穿论点时总表现出咄咄逼人的姿态，这使"理论"经常受到批评，不过部分原因也可能是当前学术环境竞争激烈。"理论"在终身职位缩减的背景下适应大学达尔文主义并不是决定性的原因，这点在不同的制度条件下可能就不存在了。②

"理论"和生产的选择性的亲近关系的另一个方面是"理论"帮助建立的劳动分工。"理论"的轻盈和与世界经验的联系的另一方面是"理论"与使用的联系。无论多么抽象，或者这样来表述更好——"理论"越抽象和普遍，就越有可能被应用到最为多样的对象领域，尽管这是间接性的。"理论"的兴起将制造的语义场带到了文化领域（我几乎是在写精神领域），包括四个层次——原材料、消费品、耐用品和阐释机器。如果文化表征可以被视为需要解释的原材料，那么批评将这些原材料加工成消费品；严格意义上的文学理论，以不同的方式为大量的人工制品带来可理解性，将会制造出耐用品；最后，因为理论生产出阐释机器③，所以理论

① 这里没有展开论证的空间，但重点是，以牺牲教学为代价而偏重研究及其量化是当前侵蚀大学观念的基础。没有对衡量标准的执着，就不可能有激烈的竞争，也不会有输掉比赛的惩罚。记住，一些最重要的知识和学术实践是难以量化的。
② 参考 Ginsberg（2011）和 Donoghue（2008）。
③ 在我的《美国（文学）理论》（2010）一书中，我将"理论"的生产置于不平等的国际交流的语境下。就像技术产生于世界资本主义体系的中心，然后被输出到边缘国家一样，新的概念阐述（概念作为思维的机器）也引入了边缘国家。理论在巴西通常被用来解释或应用，却很少通过元理论来评价。此外，概念和理论很少被提出（Roberto Schwarz 是一个令人高兴的例外）。用外语来解释双关语以及缺乏对母语所言进行理论化的勇气尤其令人尴尬，想象一下拉康将拥有"我说话"（falo）和"阳具"（falo）的身份，或者海德格尔用两个动词表示存在（ser 和 estar）。

相当于生产资料。不足为奇的是，这些不同的层次之间不是单纯的叠加，而是在内部有自己的层次结构，从而重新架构起学术阶梯，使得阅读机器的生产者占据了更高的位置。正是因为"理论"对生产的亲和关系，试图"克服"理论的尝试不会完全奏效，如果说服力不那么强的话，这些尝试只能重现"理论"的逻辑。"Post""new""after""beyond"是随着"理论"的巩固而形成的概念（注意：宣告"理论"的死亡也不会有效）。

这一切都把我们带到了方法的问题上，这是一个非常棘手的问题。除了一个非常简单的三级流程，我从来没有想出过其他方法来研究文学：① 尽可能多地占据客体，避免"穿透"或"沉浸其中"；② 拥有想法；③ 将这些想法与有关客体已有的表述进行对比（有必要的话不断循环这一过程）。这似乎是老生常谈，当然也确实如此，但与许多常规做法相比，它会让人感到异常的解放。"理论"作为现成的方法论通常为文本分析提供预先准备好的概念工具和论证姿势。理论课上传递内容，采用（有大量的手册和评论文本支持的）阅读立场进行练习，会抑制批判性的想象力。可以肯定的是，有一些思想运动（比如辩证法的逆转、二元对立的解构倒置、星丛概念的形成等）支撑着人们进行反思，但是这些思想不能用传统的方式来教授（想象一下在考试里，你的分类步骤应该得到 B+），但必须被理解，正如我们稍后将看到的那样，被模仿地理解。

聪明的读者会注意到我一直在试图表达一个围绕"理论"的力场，它包括存在于引力中的积极和消极元素，并试图在"理论"和其外的进程之间进行调和。将"理论"当作一种类型，而不是一个领域或一种话语形式的主张，表明其在尝试着解决复杂的推进其自主化的问题以及由工具化和新自由主义生产力造成的问题。如果一种话语形式的特征是能够生成语言，不相信场域会发展这一点是无法想象的，类型的概念通过将其有问题的半自主性转化为一种形式特征，从而避免将"理论"表现为机器。

这允许我们提出一个双重结论。首先，我们可以问，在一开始提到的近来关于阅读和批评的重新表述会在多大程度上（如果有的话）渴望或在无意中复制（半）自主的逻辑。如果答案是否定的，那么将陷入表现良好但平淡无奇的学院派。相反，一个肯定的答复必须表明如何可以避免提到的所有负面方面。提这样的问题绝不是为了修辞，但这里不是回答这个问题之时，这里更适合假设"理论"仍然可以被复原，它不应该被扔进学术批判史的垃圾桶。承认了到目前为止发现的所有的问题，甚至承认了可能即将出现更有前景的替代方案，我们要如何阅读"理论"呢？

三

那么，负责任地阅读"理论"意味着什么？我们要围绕着副词做一个微妙但明显的区分，因为当我们仔细观察时，会发现在这个词的及物性上有歧义。负责是及物的：对某事负责，更准确地说，对需要负责的某事的内核负责。随着这种及物性减弱，"负责"开始作为一种特征出现，并因此成为一种所属物，责任获得了可疑的道德阴影。根据到目前为止的讨论，我们可以相信，负责任地阅读"理论"的同时可以保持"理论"的创造力，至少可以暂时避开其（半）自主性的困境，并避免其在发展生产主义和预格式化阐释中带来的后果。

我想提出两种阅读策略，它们或许可以被看作在形成一种客观化的辩证法。第一种阅读策略是从功利主义的角度对"理论"进行非生产性的阅读，阅读本身就是目的，阅读是为了阅读本身。为什么理论必须服务于某个目的？为什么不能只是欣赏理论？事实上，一种非工具性的方法使我们能够通过"理论"在遗忘中的去客观化来想象一种富有成效的"理论"关系。丹尼尔·海勒-罗岑（Daniel Heller-Roazen）令人惊叹的作品《仿语》（*Echolalias*）就是一个有启发性的例子。这本书包含 21 个小章节，其中揭示了在语言中遗忘是一种高度活跃的力量，遗忘不是失去的原因，而是改变的动因。该作品的优点之一在于它拒绝对其所描述的情况给出一个结论或客观的看法，尽管如此，还是需要推断。一旦我们意识到遗忘始于音素，到文学和哲学作品，再到心灵，最终到达神学，这种沉默就愈发凸显出来。特别有启发性的是《阿布·努瓦斯的故事》一章，它讲述了 8世纪的阿拉伯-波斯人努瓦斯（Nuwās）是如何成为诗人的。这个故事值得全文引用：

阿布·努瓦斯请求哈拉夫允许他写诗，哈拉夫说："我不会让你写诗，除非你记住包括颂歌、颂诗和应景诗在内的上千篇古诗。"于是阿布·努瓦斯消失了。过了好长一段时间，努瓦斯回来说："我背完了。"

"那背吧。"哈拉夫说。

于是阿布·努瓦斯开始背，在几天的时间里把这些诗都背出来了。这时他又请求哈拉夫允许他写诗。哈拉夫说："不行，除非你全忘掉这一千篇诗，就好像你从来没有学过一样。"

"这太难了"，阿布·努瓦斯说，"我可把它们背得太熟了！"

"除非你忘记它们，否则我不会让你作诗的。"哈拉夫说。

于是阿布·努瓦斯又消失了，去了一座寺院，在里面独居了一段时间，直到他忘记了那些诗句。努瓦斯回到哈拉夫身边，说："我彻底忘掉了，好像我从来没背过一样。"

哈拉夫这时说："现在去作诗吧！"（Heller-Roazen, 2005：191 -192)

学习理论和背诗不一样，遗忘的过程当然也不一样。然而，在这两种情况下，都有一项艰巨的工作要做。在遗忘"理论"的时候，可能不仅要忘掉专有词汇（这就涉及不尊重概念的权威性和这些概念的创造者），还要忘掉一个坚实的术语体系，因为在理论中有比概念名称和范畴名称更多的东西。尽管如此，最重要的一点是，对于诗歌和理论来说，只有在深度沉浸之中一段时间之后才能将其真正遗忘。我想说，遗忘是将"理论"从使用领域、从手中剥离出来，转变成一种行为表征，之后注入血液中的一种方式。换句话说，不是为了炫耀概念，而是吸收它们的意义和表达，让我们将其称为模仿或渗透的阅读和学习。只有充分进行这种学习之后，你自己才能成为哈拉夫，然后告诉自己："现在去阐释吧！"

另一种阅读策略则指向相反的方向，不是对"理论"的去客体化而是超客体化，不是依赖于遗忘的创造力，而是去探索"理论"的物质性。很久以前，评论家阐释文学文本是为了复现激发作者去写作的经验，或者复现嵌入文本的感觉。与此相反，现在我们假设批评更多的是发现而不是找回意义。这在表述上建立了一种结构，该结构假设文本对它自身一无所知，而阐释者的作用就是去展示它（当然，强大的作品似乎不仅能意识到它们所揭示的东西，还能意识到我们想要揭示欲望）。在这个假设中，理论是为文本带来可理解性的工具，因此理论被认为是存在的和透明的。理论说话，它的客体被说出。那么，从"理论"中撤回其对知识的主张并假设"理论"不仅仅是纯粹的命题内容，不是工具，而是半不及物的东西，这将是令人耳目一新的。换句话来说，假设"理论"对自身一无所知，我们该如何处理这个问题呢？

我在上面提到，"理论"作为一种类型可以被看作对哲学和文学批评的文本重组。在这一章的结尾，有必要讨论"理论"与文学的亲缘关系。17 世纪巴西文学的瑰宝之一是安东尼奥·维埃拉（Antônio Vieira）神父的布道词。今天在读到它们时，我们感受到了令人震惊的政治想象力，对葡萄牙语的超凡的掌控力，以及令人惊叹的神学学识。然而，这样的解读与维埃拉对他自己布道的看法是完全不一致的，他认为他的布道是一种干预，一种旨在达到特定结果的修辞。维埃拉的例子难道对理论没有指导意义吗？因此，"文学"这一通常位于"理论"之前的形容词可能获得新的强调，不再是"文学**理论**"（强调在"理论"），而是"**文学**理论"（强调在"文学"）。试着举几个例子：弗雷德里克·詹姆逊（Fredric Jameson）的《政治无意识》（*The Political Unconscious*）最近被评论家挑出来作为理论变迁——深度、怀疑、强理论等——的一个特殊例子。人们只需要一个小小的超脱的或疏远的姿态（使用一个旧定理），就可以在其总体框架和句子结构中看到史诗般的东西，如今这在文学术语中是无法想象的。或者想想巴特已经提到的文本（也许可以与拉康的客体小 a 相结合），它们难道不能被看作崇高的重构吗？或者怎么处理德里达的问号呢？难道他们面向读者时不能分享一些布道的修辞本质吗？当然，人们仍然会因为这些作品的命题与概念去阅读他们，就像人们阅读维埃拉来寻找上帝的启示一样，一码归一码，尽管它们不能同时发生。这也不应该简单地理解为把"理论"当作文学作品来阅读（尽管用阅读文学的方式来阅读"理论"会很有趣，把概念想象成角色、辩论当作情节、副词作为背景等等）——因为这里的关键是把问题变成一个答案，努力以负责任的方式将"理论"去工具化，把沉积在其复杂和混合结构中的一切都付诸实践，本章在很大程度上都是在以上的推动下写就的。

参考文献

[1] BENJAMIN G. The Fall of the Faculty. The Rise of the All-Administrative University and Why it Matters [M]. Oxford：Oxford University Press，2011.

[2] BRUNO L. Why Has Critique Run Out of Steam? From Matters of Fact to Matters of Concern [J]. Critical Inquiry, 2004（30）：224 - 248.

[3] D. N. R. Elegy for theory [M]. Cambridge and London：Cambridge University Press, 2014.

[4] Daniel H-R. Echolalias：On the forgeting of language [M]. New York：Zone Books, 2005.

[5] Danielle M-S. The Cultural Politics of Tel Quel：Literature and the Left in the Wake of Engagement [M]. University Park：Penn State University Press, 1996.

[6] DAPHNE P, WILL H C. Theory's Empire. An Anthology of Dissent [G]. New York：Columbia University Press, 2005.

[7] ELIZABETH S A, RITA F. Critique and Post-Critique [G]. London and Durham：Duke University Press, 2017.

[8] FABIO A D. Teoria（literária）americana：uma introdução crítica [M]. Campinas：Autores Associados, 2011.

[9] FRANÇOIS C. French Theory. Foucault, Derrida, Deuleuze & Cie et la mutation de la vie intellectuelle aux États Unis [M]. Paris：La Decouverte, 2003.

[10] FRANK D. The Last Professors：The Corporate University and the Fate of the Humanities [M]. New York：Fordham University Press, 2008.

[11] GERALD G. Professing Literature：An institutional history [M]. Chicago：Chicago University Press, 2007 [1987].

[12] JASON P. Dossier：Surface Reading [G/OL] //University of Illinois at Chicago. Mediations. 2015, 28（2）[2022 - 09 - 07]. https：//mediationsjournal. org/archive/.

[13] JONATHAN C. Text：Its Vicissitudes [M] //JONATHAN C. The Literary in Theory. Stanford：Stanford University Press, 2007：99 - 117.

[14] JUDITH R. The Novel After Theory [M]. New York：Columbia University Press, 2012. NIILO K. French Intellectual Nobility. Institutional and Symbolic Transformations in the

Post-Sartrean Era [M]. New York: SUNY Press, 1996.

[15] PAUL SAINT-A. Weak Theory, Weak Modernism [J]. Modernism/Modernity, 2018 (24): 437 – 459.

[16] PETER C. H. Historicizing Theory [G]. Albany: State University of New York Press, 2004.

[17] PHILIPP F. Der lange Sommer der Theorie: Geschichte einer Revolte 1960 – 1990 [M]. Frankfurt a. M.: Fischer, 2016.

[18] RITA F. The Limits of Critique [M]. Chicago: University of Chicago Press, 2015.

[19] ROLAND B. De l'oeuvre au texte [M] //ROLAND B. Oeuvres Complètes. Paris: Seuil, 1994.

[20] STEPHEN B, SHARON M. Surface Reading: An Introduction [J]. Representations, 2009 (108): 1 – 21.

[21] TIM B. Reading with the Grain: A New World in Literary Criticism [J]. Differences: A Journal of Feminist Cultural Studies, 2010, 21 (3): 1 – 33.

[22] VINCENT L. Living with Theory [M]. Oxford: Blackwell, 2008.